부엉배 화이트
(Boouingbe White)

부엉배마을 이야기 – 공공미술에서 커뮤니티 비즈니스까지

부엉배 화이트

부엉배마을 이야기 – 공공미술에서 커뮤니티 비지니스까지

지은이_들로화

펴낸이_박찬규   디자인_김대인   펴낸곳_구름서재

1판1쇄 발행_2010년 11월 26일

등록_제396-2009-000058호

주소_서울시 마포구 서교동 375-24 그린홈 201호

전화_02)3141-9120   팩스_02)6918-6684

이메일_fabrice1@chol.com   블로그_http://naver.com/fabrice

ISBN_987-89-91437-99-9 03810

구름서재

값_15,000원

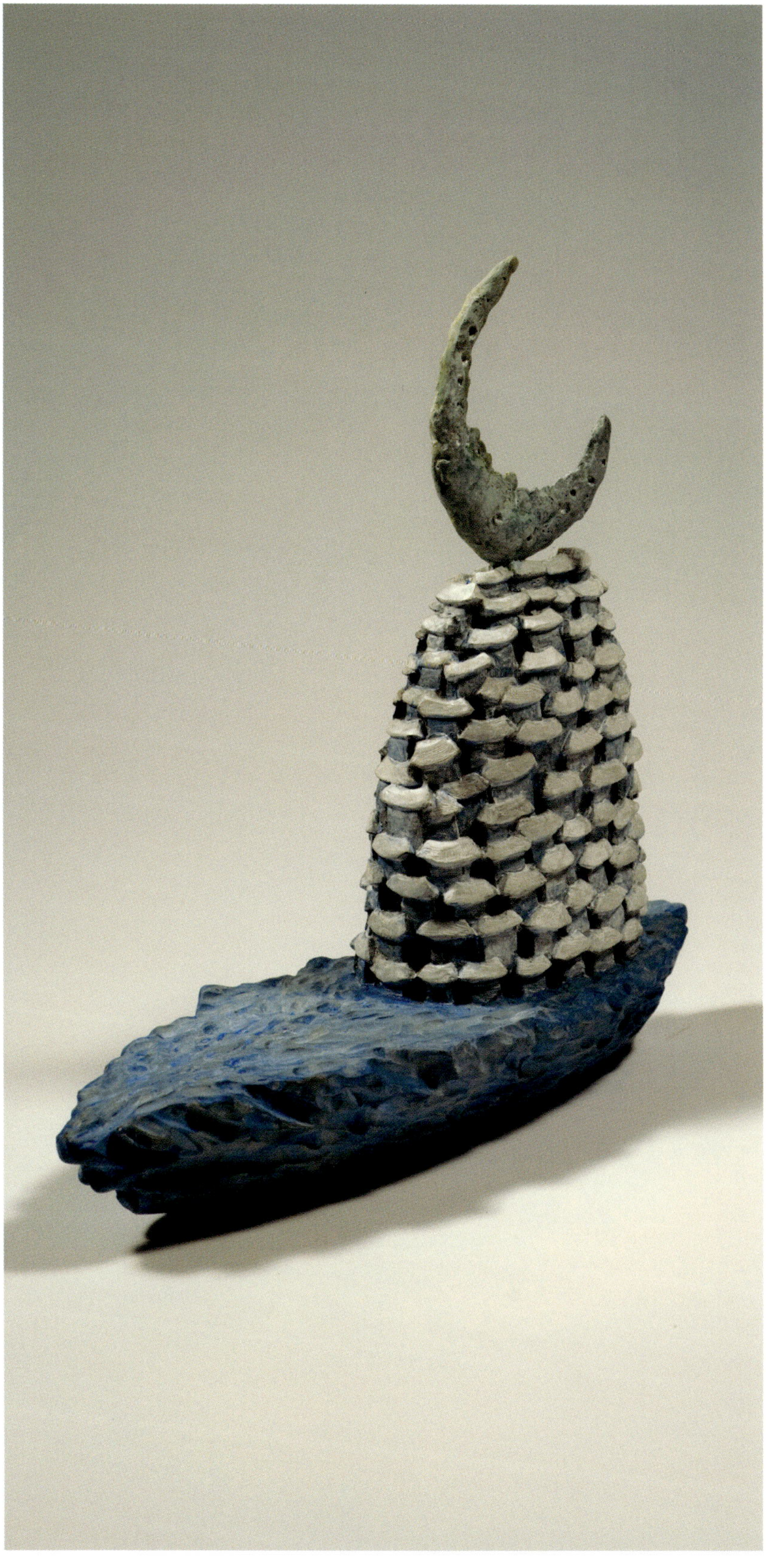

부엉배

화이트

Boouingbe White

들로화 지음

구름서재

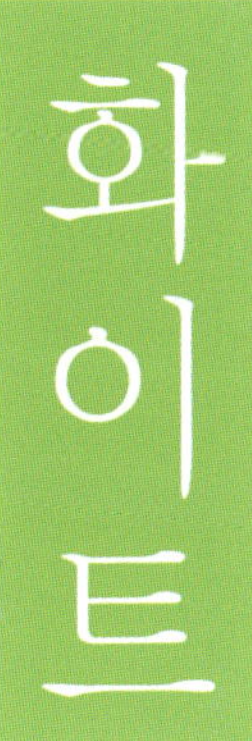

배양리에서 시작된 작업실의 이주는 이패동과 동막골을 거쳐 2008년 삼봉리에 들어오게 된다. 친구인 조각가 박장근은 이천으로 내려오라고 매번 설득했지만, 남양주에서 초·중·고등학교를 다닌 것과 상관없이 난 이상하게 남양주가 좋았다. 어쩌면 익숙한 산과 강이 있어 떠나지 못하는 것인지도 모른다. 팔현리에서 오남국민학교를 다니던 서정이 나를 계속 산속으로 이끄는 것 같기도 하다. 매번 작업실을 옮기면서 어디에 정착할 것인지 고민하였다. 부엉배마을에 처음 와본 날 높은 전나무 사이 길 속에 자리 잡은 조그만 마을을 발견하고 이곳에 둥지를 틀기로 결심했다. 팔현리로 다시 돌아가고 싶었지만, 북한강을 매일 볼 수 있다는 매력이 이곳을 떠나지 못하게 하는 것 같다.

아쉽게도, 도로공사 때문에 예전의 전나무 숲은 이제 없어졌다. 해가 중천에 있어도 그 밑을 지날 때 느껴지는 아늑함을 잊을 수 없는데….

모든 사랑하는 것들이 사라지고, 모든 싫어하는 것들이 즐비하게 늘어만 가는 도시를 떠나 이곳에 왔지만, 이곳에서도 조금씩 사라지는 것들과 싫어하는 것들이 생겨나는 것에 아픔이 느껴진다. 사라지는 것들에 대한 아픔을 나뿐 아니라 마을 주민들도 공감하고 있음을 알았을 때 마을은 위로와 소통의 장이 되었다. 싫어하는 것들이 많아지면 나도, 마을사람들도 또 떠나야 할까? 미을은 더 이상 떠나기를 원치 않는다. 맑은 물과 공기와 좋은 먹거리, 민주적 거버넌스를 이제 구축하려고 한다. 대한민국의 어디에 가더라도 그것을 지키고, 만들지 않으면 안 될 것이기에 공동체를 복원하고, 공동체의 경제적 삶을 친환경의 재배 속에 이루어내려고 부엉배마을은 움직인다.

무명 예술가로서의 삶이 그리 탐탁치는 않지만, 유년의 공동체가 주던 어울림의 문화를 부엉배마을에서 볼 수 있을 거라는 희망은 마을의 한 주민으로서 탐탁한 삶을 넘어 빛(white)과 판타지(fantasy)를 꿈꾸게 한다.

그것이 나와 마을 그리고 21세기 대한민국 농촌의 운명을 가름하는 초석이 될 것이기 때문이다. 현란한 신화적 유토피아를 배제하고 실재하는 유토피아의 가능성을 다짐하며….

2010. 10, 10. 들로화

목·차

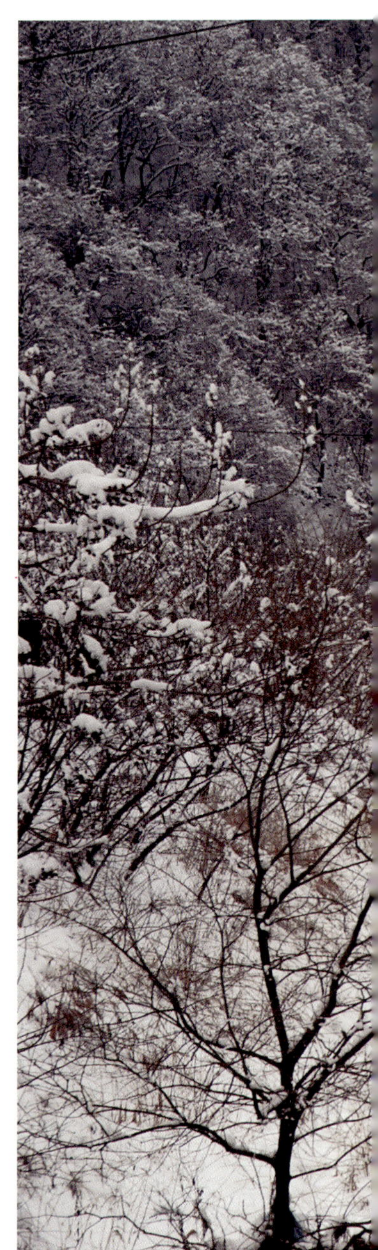

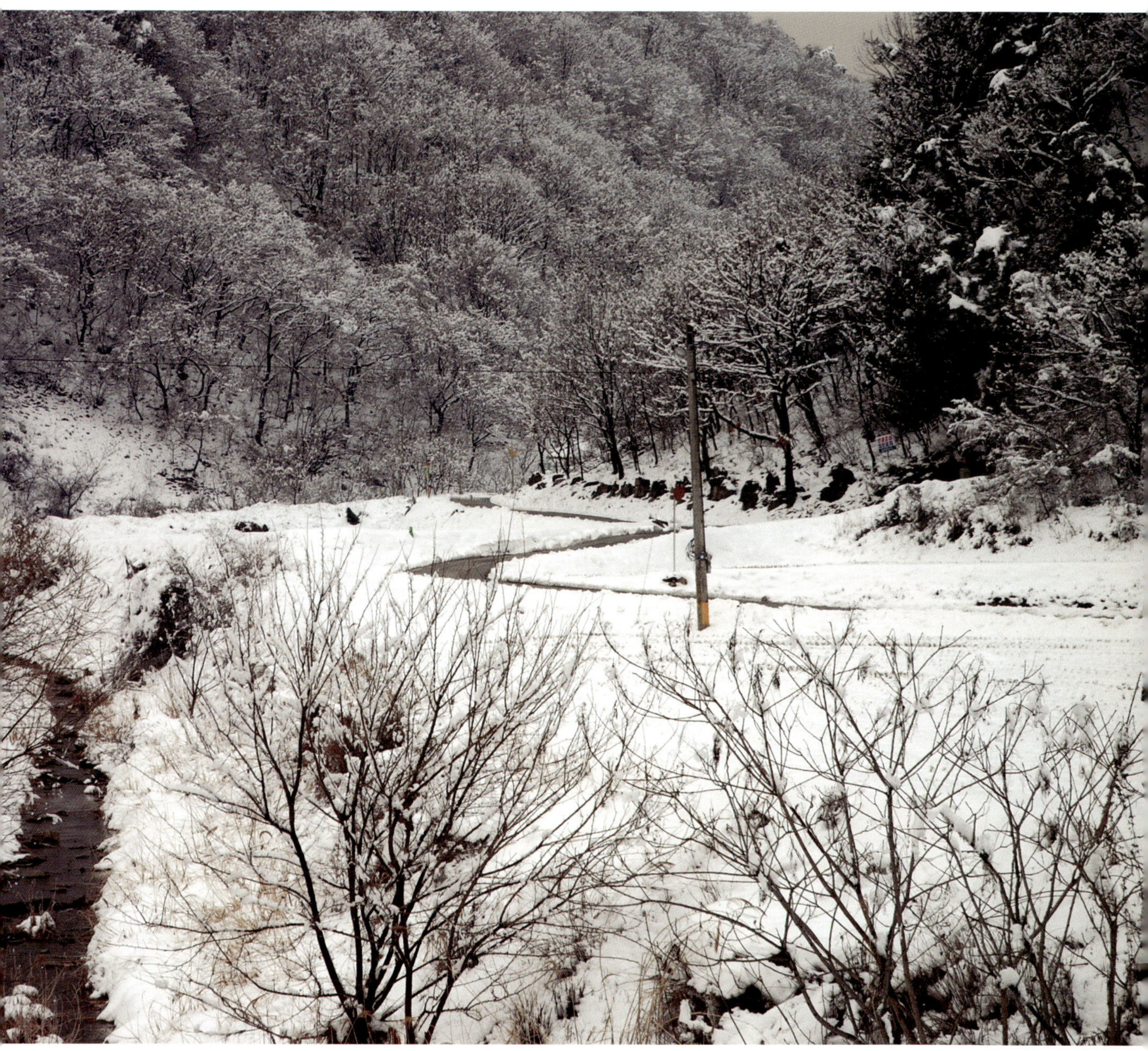

마을 미술 프로젝트

2009

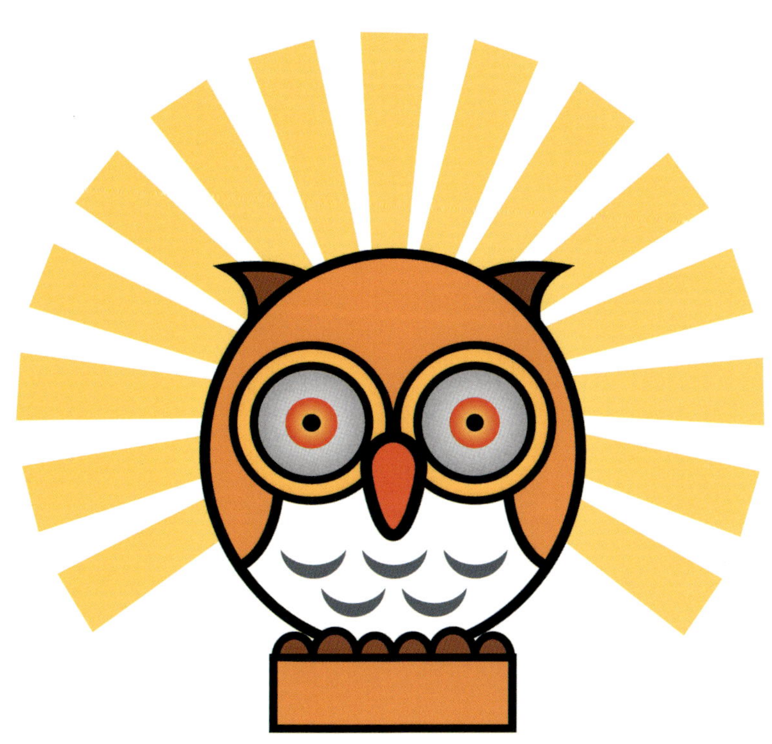

　　2005년부터 시작된 공공미술 프로젝트에의 참여는 많은 아쉬움을 남겼다. 이러저러한 이유는 접어두고라도 가장 아쉬운 것은 기간이 정해져 있어 언젠간 현장을 떠나야 한다는 것이었다. 2008년 작업실을 동막골에서 삼봉리로 옮기면서 삼봉리에 미술프로젝트를 실현하고 싶다는 욕망이 생겼다. 2009년 문광부 '마을미술프로젝트' 공모에 신청하여 1차에선 붙었지만 2차에선 떨어지고 말았다. 이 소식을 접한 남양주시에서 프로젝트를 수행하는 데 힘을 실어주었다. 이 프로젝트를 실현하면서 내가 거주하는 마을과의 깊은 소통을 경험하게 되었다.

　　삼봉리는 남양주시 조안면에 있는 45번 국도변에 위치해 있다. 삼봉리는 크게 구봉과 봉배 그리고 재재기라는 세 개의 마을로 이루어져 있는데 이번 프로젝트 대상지는 봉배로 계획을 하였다. 행정상으로는 삼봉리 2반에 해당하는 지역이었다.

　　이번 프로젝트는 봉배 주민들의 집단적 발의에 의해 이루어진 것이었다. 즉, 프로젝트가 시작되기 바로 전 이미 마을 사람들은 스스로 모이기 시작하고 있었던 것이다. 전에는 마을 주민 수가 많지 않았지만, 이주민에 의해 마을 주민 수가 늘어나기 시작했고, 민원 창구의 필요성이 생겼으며, 이를 계기로 마을 주민 스스로가 반을 만들어내게 되었다.

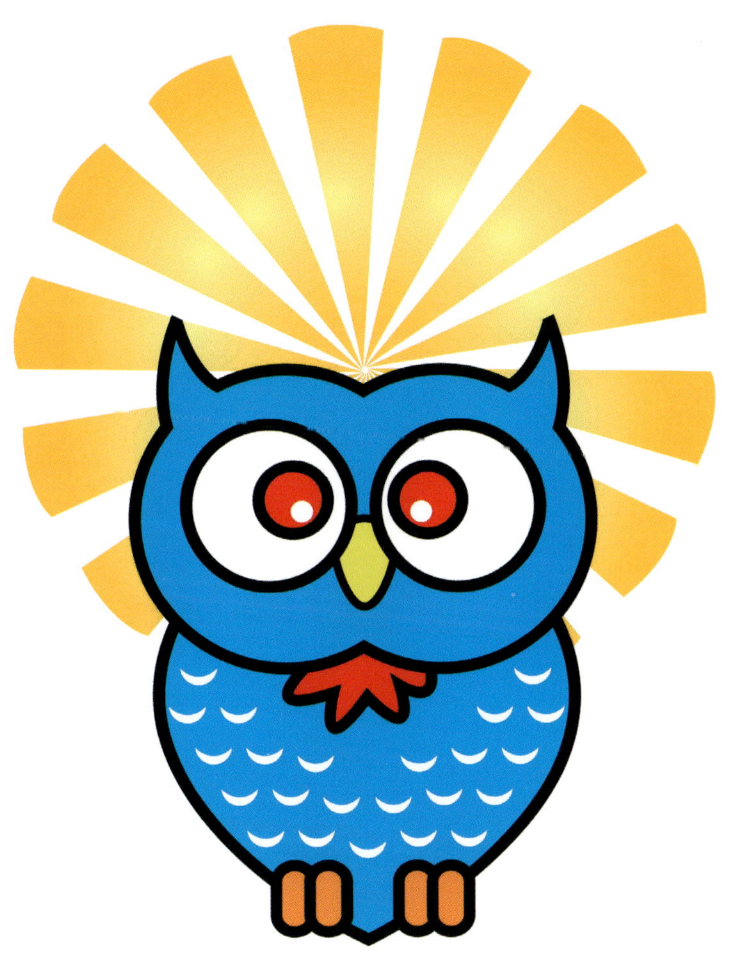

삼봉리 2반은 총 23세대에 주민 수 100여 명으로 구성되어 있으며 마을 주민의 60% 이상이 60세 이상의 고연령대였다. 프로젝트를 계획하면서 가장 먼저 고민한 것은 대상지의 정체성이었다. 행정적 명칭으로는 삼봉리 2반이었지만, 마을의 고유한 브랜드네임을 가질 필요가 있었다. 이를 통해 향후 마을의 고유한 이야기를 만들어가는 중요한 계기가 될 수 있었기 때문이다.

『남양주시지』 3권 민속 편 981쪽에는 "봉배는 삼봉리에 있는 내이다. 부엉이가 많아서 처음에는 '부엉배'라고 불리던 것이 변하여 '봉배'라 불리게 되었다고 한다"라고 씌어져 있다. 그러나 봉배라는 지명을 가지고 한번에 부엉이가 사는 곳을 가리킨다고 추측하긴 힘든 부분이 있어 다시 부엉배라고 명명하는 것이 좋겠다는 반상회의 의견에 따라 "부엉배"라는 마을 이름을 다시 얻게 되었다. 더군다나 이곳에는 지금도 부엉이가 살고 있다. 이는 부엉배가 서울에서 한 시간도 되지 않는 거리에 있음에도 불구하고 자연환경이 잘 보존되어 있음을 보여주는 것이다. 부엉이가 살 수 있는 자연환경은 인간에게도 이로운 점이 있다는 것을 마을 주민들은 강조한다. 그러나 밀려드는 개발의 물결로 인하여 이곳이 상수원보호구역, 군사보호구역, 그린벨트 등의 규제를 받도 있음에도 불구하고 부엉이가 곧 사라져 버릴지도 모른다는 걱정도 있었다. 즉, 부엉이가 살 수 없다는 것은 이미 부엉배마을의 정체성이 사라져 버린다는 뜻이기도 한 것이다. 그래서 마을 주민들은 환경에 대해 남다른 경각심을 가지고 있다.

하지만 모든 주민들이 환경에 대한 경각심을 가지고 있는 것은 아니다. 공기 좋고 물 좋은 것을 자랑스러워하며 유기농 채소를 가꾼다지만, 방을 따뜻하게 하기 위하여 산의 나무를 베거나, 각종 건축폐기물을 태우는 주민들도 있기 때문이다. 건축폐기물을 태운 연기가 대기 중에 흩어져, 자신이 가꾸는 채소 잎으로 떨어지고 그 환경오염물질을 자신과 자식들이 먹고 있다는 사실을 애써 모르는 척하는 것이다. 환경의 중요성에 대한 관공서 및 시민단체의 홍보 프로그램이 부재함을 알 수 있다. 또한 산에 있는 나무를 베어서 온열을 하는 행위는 나무를 베는 행위의 잘못보다는 도시에 집중된 도시가스, 수도 등의 차별적 행정에도 그 원인이 있다. 즉, 도시의 삶보다 시골의 삶이 더 많은 비용을 필요로 하기도 하는 것이다.

아침잠을 깨우는 온갖 새들의 지저귐은 조안(鳥安)이 가지는 아름다움이고, 이는 생태계의 순환이 잘 이루어지고 있음을 보여준다. 따라서 부엉이가 잘 살 수 있는 기본 환경이 구축되어 있음에도 불구하고 도로건설, 소음, 가속화되는 물의 오염 등 부엉이가 계속 부엉배마을에 생존할 수 있느냐 하는 문제가 부엉배마을의 운명에 중요한 전환점이 될 수 있다. 부엉배마을이라는 명칭을 사용함으로써 부엉이와 인간의 계속적 동거가 가능할 것인가라는 환경적 관심이 부엉배마을의 정체성, 특수성을 이어나가는 중요한 출발점이 되는 것이다.

　　부엉배마을로 들어가는 출입구는 45번 국도변, 운길산역에서 대성리 방향으로 오면서 좌측으로 2곳이 있고, 시우리에서 재재기로 넘어오는 곳에 한 곳이 있다. 45번 국도 맞은편, 즉 우측으로는 자연부락인 구봉마을이 있고, 구봉마을엔 마을회관, 노인회관 등 기타 삼봉리의 인적, 물적 시스템이 집중되어 있고, 북한강변을 끼고 있어 아름다운 경관을 유지하고 있다. 이때문에 같은 삼봉리라도 부엉배와 재재기는 상대적으로 관심을 덜 받게 되는 지역적 과제를 안고 있다. 구봉마을은 산위에서 보면, 봉우리 아홉 개가 마을을 감싸고 있어 '구봉'이라 부른다고 한다. 광생이벌과 앞나들 그리고 장승배기, 아랫벌 등이 북한강을 조망하는 천혜의 관광적 요소를 가지고 있다. 구봉마을은 오랫동안 마을 번영위원회를 통하여 정비되고 관리되어 대상지 선정에서 차후로 미루게 되었다. 부엉배마을로 진입하는 첫 번째 관문인 덕소에서 대성리방향은 마을에서 나올수는 있어도 들어갈 수 있는 신호체계가 없어 불법 좌회전을 할 수밖에 없다. 두 번째 관문은 신호에 따라 왼쪽으로는 부엉배로 오른쪽으로는 구봉으로 진출입이 가능하다. 그런데 2009년부터 좌측 진입로(부엉배마을 방향)부터 재재기로(후에 마석으로) 통하는 도로 확장공사가 시작되었다. 따라서 이곳도 대상지 선정에서 제외되었다. 도로공사 계획에 따른 대상지 선정에서 자유로운 곳은 부엉배마을 첫 번째 진입로에서 1km의 구간이었고, 미술 프로젝트 대상지로서 선정되기에 지리적, 인문학적인 매력적 요소를 가지고 있었다.

　　지리적인 환경을 볼 때 대상지는 응달산과 동산을 양쪽에 두고 있으며, 응달산 밑으로는 내가 흐르고 있다. 가옥의 수는 13가구이며 법정도로가 아닌 농로를 도로처럼 쓰고 있다.

　　인문학적인 환경을 볼 때 대상지는 출입구 200m거리에 바위산이 있고, 바위산 위에 부엉이가 둥지를 틀고 살고 있다. 부엉이는 오후 4시에서 5시 사이에 울고, 가끔 야간운전시 목격이 되곤 한다.

　대상지의 도로가 농로이기 때문에 사유지가 빽빽하게 분포되어 있어 사유지 승인의 문제가 가장 커다란 난점으로 보였다. 그럼에도 불구하고 거주자들(마을주민)은 그 동안의 소외감(각종규제, 전입신고일 기준 수혜 등) 때문에 미술프로젝트의 당위성을 차분하게 환영하고 있었다.

프·로·젝·트·계·획

개요

○ 프로젝트명 : 부엉배마을 미술 프로젝트(길섶 미술로 꾸미기)

○ 대 상 지 : 경기도 남양주시 조안면 삼봉리 부엉배마을

○ 기   간 : 2009년 6월부터 10월까지

목적

본 프로젝트는 문화적, 경제적으로 소외된 지역에 문화적 토양을 만들어냄으로써 지역민의 자긍심을 향상시키고 지역경제를 발전시키는 것을 목적으로 하고 있다.

본 프로젝트의 기획 의도는 서울에서 인접한 지역임에도 불구하고 문화적, 경제적 낙후성을 면치 못하는 지역에 미술이라는 코드를 접목하여 마을이 자신의 특수성, 정체성을 주민과 함께 찾아가는 "과정(process)의 미학"을 실현함에 있다. 그나마 다행인 것은 각종 규제 때문에 마을이 본래의 지형과 환경을 유지하고 있어 아름다운 산책로의 기본조건을 가지고 있다는 것이었다. 따라서 미술과 접목되었을 때 마을의 미래상은 매우 발전적이고 긍정적인 면들을 가지고 있었다.

프로젝트 내용

본 프로젝트의 기본 개념(concept)은 상생(相生)으로 이는 도시와 농촌, 자연과 사람, 사람과 사람이 어울려 행복한 삶을 사는 것을 말한다.

작품은 작가가 직접 제작하여 설치하는 작업, 작가와 주민이 함께 제작하는 작업, 작가들의 현장작업 행위(performance), 마을고사 및 잔치, 아카이브(archive) 등으로 나눈다.

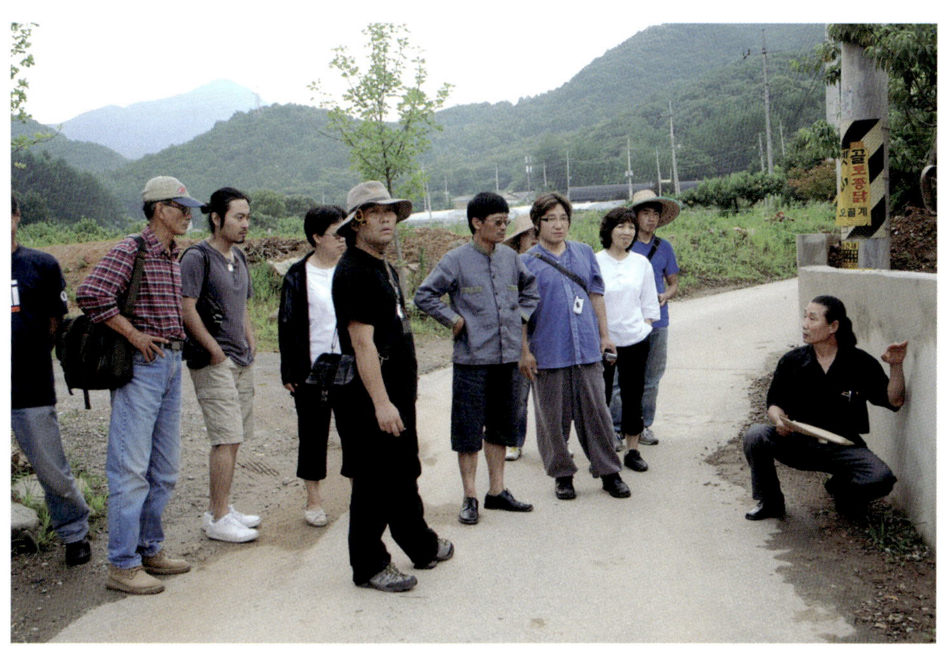

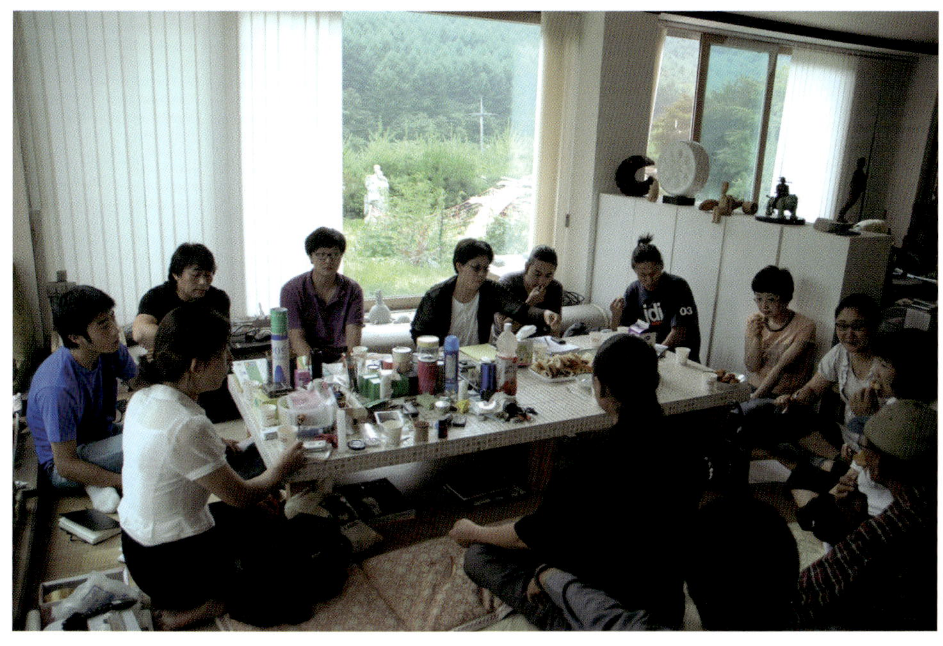

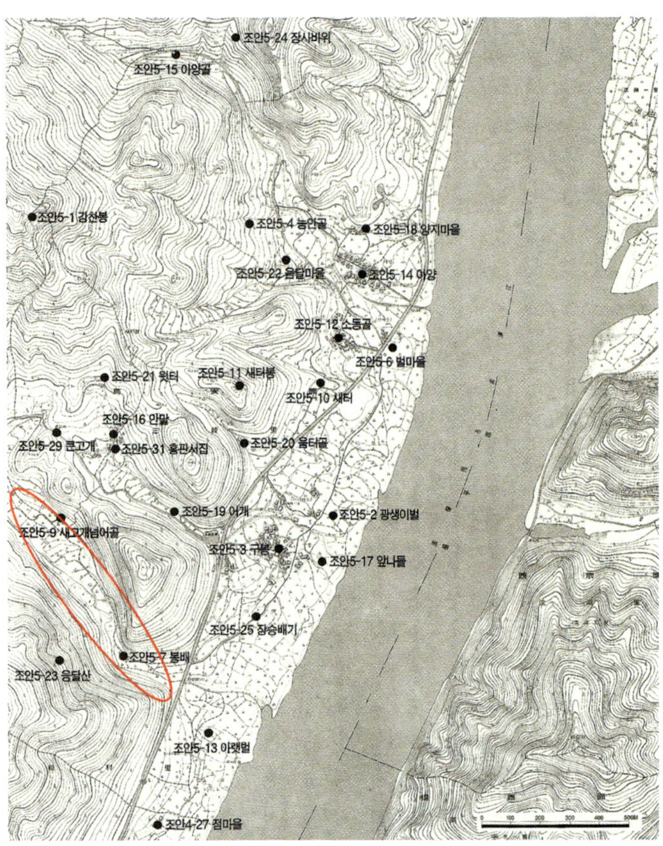

조안5-24 장사바위
조안5-15 이양골
조안5-1 강찬봉
조안5-4 능안골
조안5-18 양지마을
조안5-22 응달마을
조안5-14 아양
조안5-12 소동골
조안5-6 벌마을
조안5-21 윗터
조안5-11 새터봉
조안5-10 새터
조안5-16 안말
조안5-20 움터골
조안5-29 큰고개
조안5-31 홍판서집
조안5-19 어개
조안5-2 광생이벌
조안5-9 새고개넘어골
조안5-3 구봉
조안5-17 앞나들
조안5-25 장승배기
조안5-7 봉배
조안5-23 응달산
조안5-13 아랫벌
조안4-27 점마을

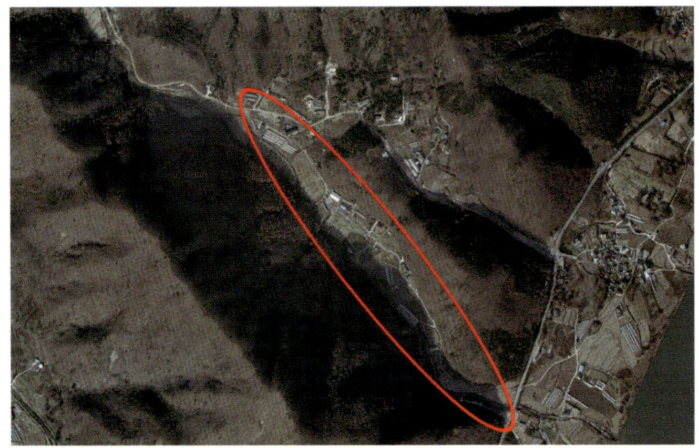

작·품·배·치·도

변영님 댁
마을이정표
양각화
버스 정류장
마을상징조형물
마을 정자
마을 게시판
우체통
아트벤치
전시
하원
덕소
45번 국도
대성리

이정표
아트벤치
마을정자
마을게시판
우체통
벽화
부엉조형물
석화(15점)
마을상징조형물
부엉바위
덕소
45번 국도
대성리

마을이정표
아트벤치
마을상징조형물
마을정자
마을게시판
우체통
벽화
석화
부엉조형물
부엉바위
덕소
45번 국도
대성리

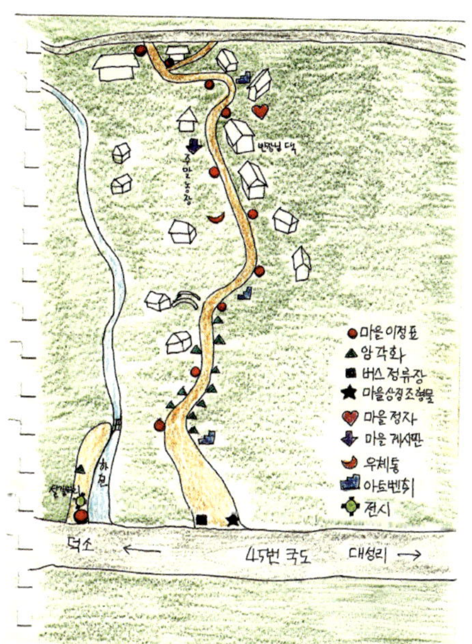

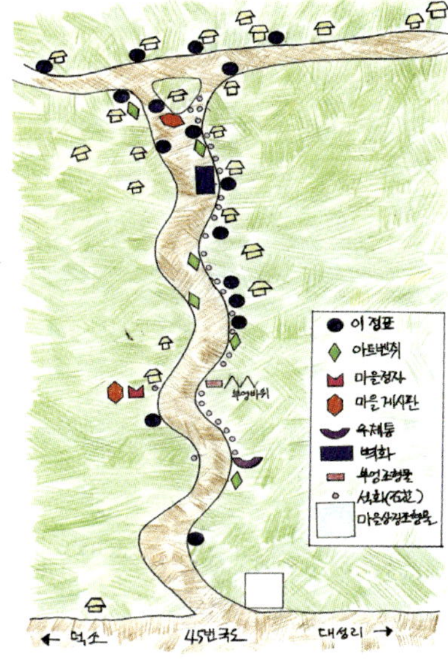

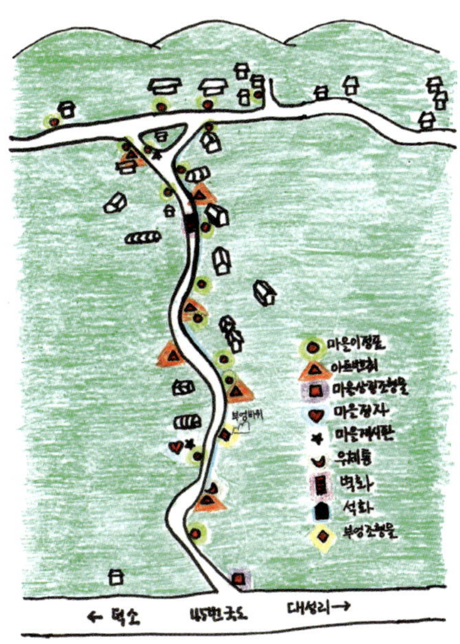

마·을·고·사

○ 작　　　가 : 마을 주민

○ 작 품 내 용 : 프로젝트 시작 전 마을 고사를 지내 프로젝트 성공을 기원

○ 제 작 방 법 : 마을 주민이 직접 준비하여 제작

○ 작 품 재 료 : 돼지머리, 떡, 국수 등

○ 작 품 규 격 : 1일

축문

유세차

2009년 7월 10일.

부엉배마을 사람들은 만물을 두루 굽어 살피시는 천지신명께 고하나이다.

오늘 지역의 작가들과 마을 주민이 부엉배 마을미술 프로젝트를 시작함에 있어 맑은 술과 과포를 정성껏 마련하여 하늘과 땅의 신께 올리오니 부디 흠향하시고 여러 사람의 땀 맺힌 정성으로 이루어질 부엉배 마을미술 프로젝트의 성공과 번영을 뜻 모아 기원하오니 부디 큰 결실 있도록 보우하여 주시옵소서.

상향

부엉배마을 일동 올림

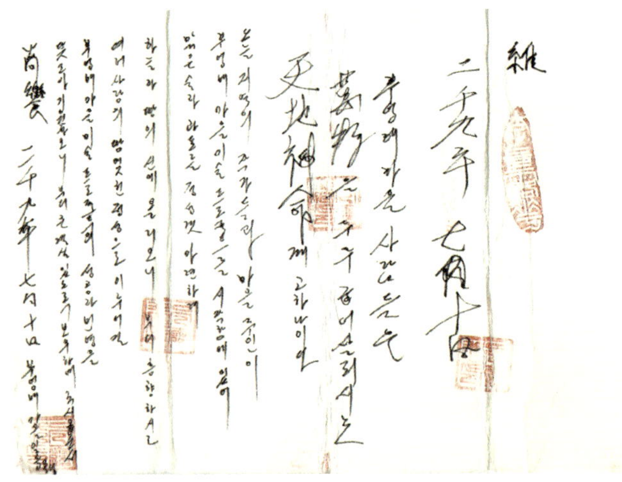

마·을·입·구·상·징·조·형·물

대상지 초입의 풍경은 사진에서 보듯이 난립한 간판과 쓰레기 등만이 마을의 입구를 장식하고 있었다. 입구는 마을의 얼굴이고 거주자의 인격이 고스란히 드러나는 곳이다. 마을 입구의 경관은 낯선 이들의 발길을 끌어들이느냐, 못하냐를 가름한다. 간판이 아무리 크고 휘황찬란해도 그것은 손님을 끌어들이는 역할보다는 그냥 지나치게 하는 요인이 될 수 있다. 이왕 도심에서 벗어나 가족들과 야유회를 다니면서 한

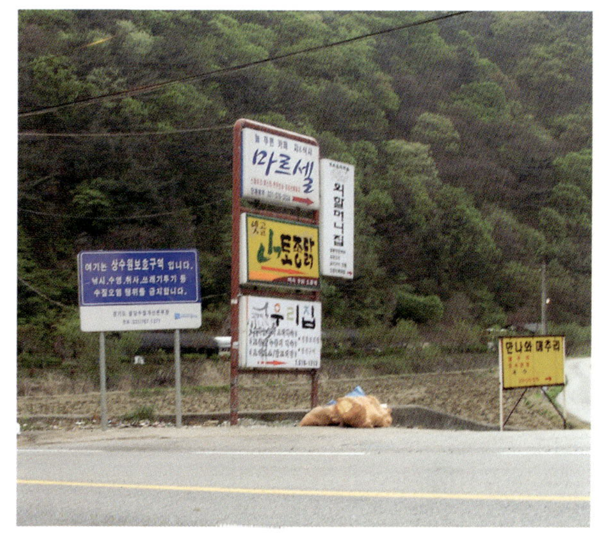

끼의 식사를 위해 돈을 쓸 때는 낭만적이고, 예쁜 곳에서 먹기를 원하기 때문이다. 잘 정비된 경관과 마을 상징조형물은 지나가는 사람들의 호기심을 자극하며 이는 마을 내에서 사업을 하는 모든 사람에게 많은 기회를 주는 장점이 있다. 따라서 경제적인 관점에서 보면 자본 유입의 중요한 경계선을 가름하는 것이다. 마을의 상징조형물이나 안내판을 보면 대부분 장승과 화강석에 마을이름을 새긴 것들이다. 이는 마을 재정의 한계 때문이기도 하지만 마을 스스로가 자기 정체성을 가지려는 인식이 부족하다는 것을 증명한다. 따라서 조금만 노력을 기울인다면 같은 재료로도 다르게 상징성을 표현할 수 있다. 이런 사정은 지역에 거주하는 작가들과 마을과의 협력과 소통이 부재했음을 보여준다고 하겠다. 마을마다 비슷한 재료와 형상으로 이름만 다르게 만든 입구 조형물은 마을의 발전을 저해하는 요소일 뿐만 아니라 시각적 피로를 주는 역할 또한 수행한다.

마을 이름을 정하는 연구에서 처음엔 그림에서 보듯이 앵두골을 제안했었다. 농촌에서 겨울이 끝나면 가장 흔하게 볼 수 있는 과일이 앵두이고, 앵두의 빨간색과 달콤한 맛이 마을의 상큼한 이미지를 대변할 수 있다고 생각했기 때문이다. 또한 먹을 것이 없던 유년시절에 한입 가득 베어물던 앵두의 시원한 단맛이 기억에 남아있었기 때문이기도 하다. 앵두를 가로수로 정하고, 앵두와 관련된 축제도 생각해 보았다. 그러나 마을 반상회에서는 '앵두골'이 마을의 정서와 일치하지 않는다는 결론에 도달했다.

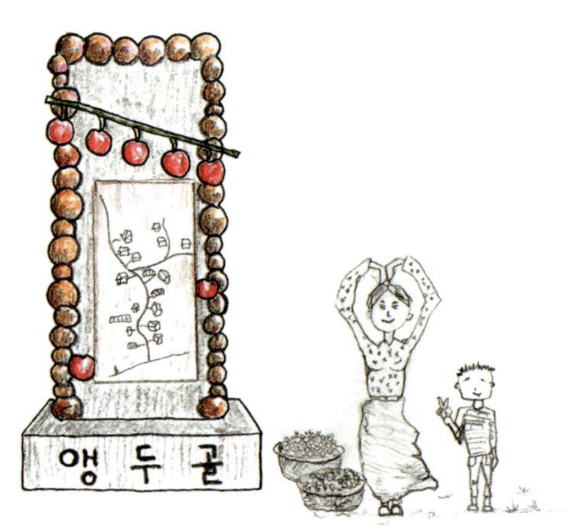

결국 마을 조사와 반상회를 통하여 정해진 '부엉배마을'이란 이름에 어울릴 만한 형상으로 부엉이 조형물을 선택하고 마을지도를 부착하자는 계획을 세웠다.

○ 작　　　가 : 박건원
○ 작품내용 : 부엉배마을의 인지도 및 정체성 확립을 위하여 마을 입구 상징조형물을 제작 설치하고 기단 위에 마을지도를 설치한다.
○ 제 작 방 법 : 부엉이는 청동으로 제작하고, 좌대는 화강석으로 제작한다. 동판 위에 마을지도를 그려 부착한다. 마을 이름 '부엉배마을'은 음각 후 채색한다.
○ 작품규격 : 작품의 규격은 1,000×500×3,000(h)mm로 부엉이의 크기는 500(h)mm로 한다.

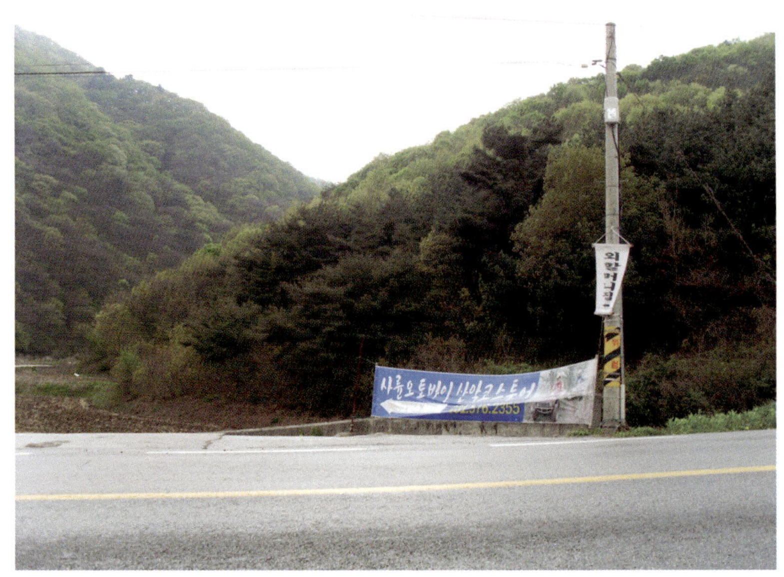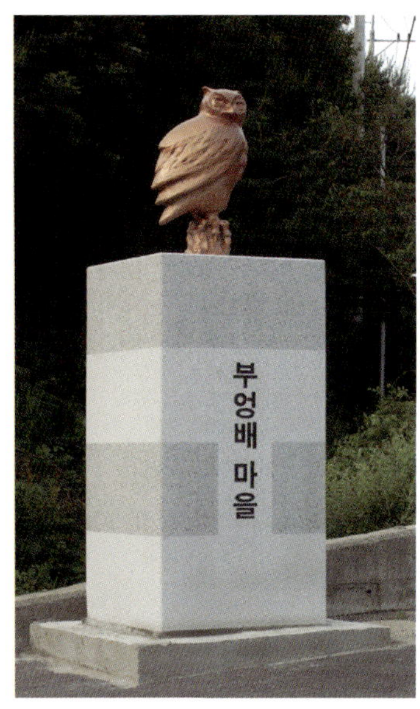

설치된 작품의 기단부와 본 작품(부엉이)의 비례가 처음 계획과 맞지 않아 기단부가 커 보인다는 점이 지적되었다. 향후 부엉이의 뒷면에 조각 설치를 통해 좌대와 작품을 어울리게 만들자는 계획을 세웠다. 마을 입구 상징조형물이 설치되면서, 찾아오는 사람들에게 랜드마크의 역할을 하고 그동안 전무했던 마을의 정체성을 찾게 되었다는 데 상징 조형물의 의의가 있다고 보겠다. 현대의 미술장식품이 '문패조각'이라는 오명을 쓰고 있음에도 불구하고 마을의 생존과 번영을 위한 문패조각으로서의 기능성은 무시될 수 없다. 또한 야간조명을 설치하여 밤에도 잘 보일 수 있도록 설계했다. 혹자는 부엉이의 크기가 작다고 말하는데 이는 그동안의 조형물들이 크기만을 지향하고 위엄과 지배의 질서에 암묵적으로 동의하고 있었다는 이야기이기도 하다. 이에 우리는 반대되는 조형물 크기를 지향한 것이다.

마·을·입·구·버·스·정·류·장

　　마을 입구의 버스정류장은 유동인구가 늘어날 것에 대비하여 설치하기로 했다. 현재는 버스정류장의 역할을 하고 있지 못하지만 향후 버스정류장이 되었을 때 충분히 그 기능을 다할 것으로 기대했다. 버스정류장이 아니더라도 마을 입구 스트리트 퍼니처로서 아트 벤치와 비를 피할 만한 구조물이 필요할 것으로 보고 구상하였지만 간판을 재정비하지 않을 경우 너무 협소하여 여유공간이 부족하였기 때문에 이 계획은 뒤로 미룰 수밖에 없었다. 다행인 것은 운길산역이 개통되면서 운길산역에서 버스를 타고 마을 입구까지 올 수 있게 되어 사람들이 마을에 접근할 수 있는 방법이 많아졌다는 것이다.

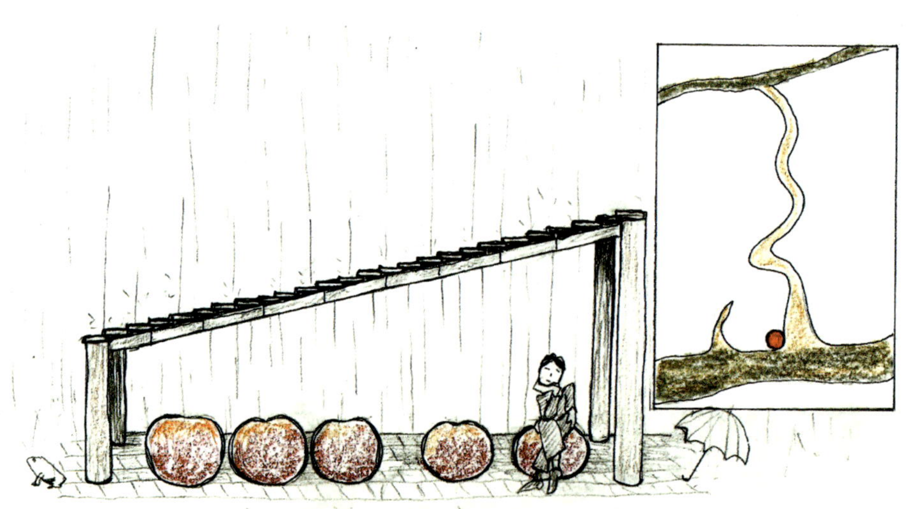

마·을·이·정·표

○ 작　　　가 : 이철현, 정창곤
○ 작품내용 : 마을길의 100m 구간마다 마을의 이미지를 심플한 디자인으로 제작한 솟대를 설치하
　　　　　　여 이정표의 역할을 수행하는 것을 목표로 계획하였다.
○ 제작방법 : 원형 스테인리스 기둥에 스테인리스로 제작한 솟대 접합 후 설치
○ 작품재료 : 스테인리스, 우레탄 도장
○ 작품규격 : 50×50×3,000(h)mm − 10set

　마을길의 100m 구간마다 이정표를 설치하면 마을 진입로에서부터 길을 걷는 재미가 더해지고 마을의 중요한 이미지를 부각시킬 수 있게 된다. 또 집을 찾을 때 이정표 역할도 하는데 예를 들어 "파란물고기가 그려진 집으로 오면 돼"라고 말할 수 있도록 쉽게 집을 찾을 수 있는 랜드마크를 부여하는 것이다. 이 아이디어는 집집마다 자기 이미지와 맞는 솟대를 가지려는 경쟁을 유발하기도 하였다.

　이정표(솟대)를 설치하면서 마을과의 재료가 불일치한다는 평이 있었다. 비록 몇 년 뒤면 없어진다 해도 재료를 나무로 했더라면 좀 더 친근하고 편안함을 느낄 수 있지 않겠냐는 의견도 있었다. 또한 스테인리스 기둥이 반짝거려 눈에

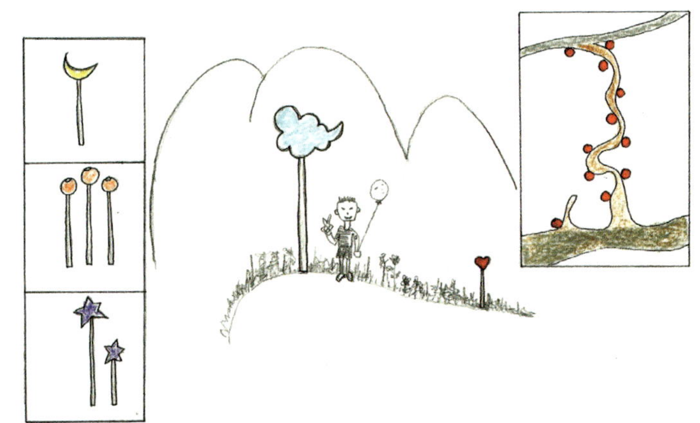

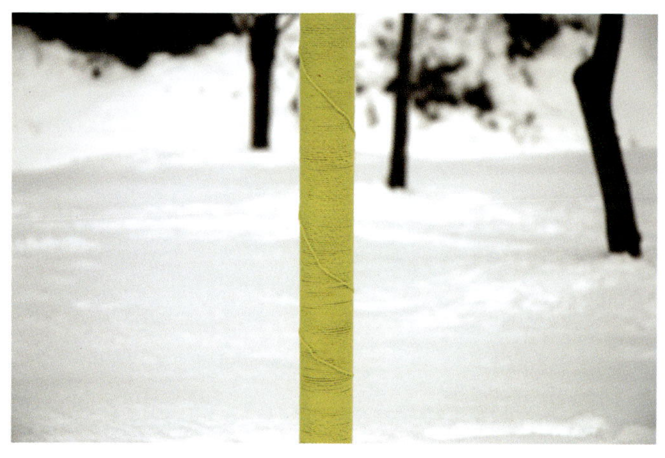

거슬리고 마을의 경관과도 잘 어울리지 않는다는 의견이 있어 수정이 필요했다. 이에 따라 스테인리스 봉에 색줄을 감기로 했다. 색줄은 줄의 한 부분이 끊어지더라도 전체가 풀리지 않게 하기 위한 매듭(knot)법을 선택했다.

부엉배마을 미술 프로젝트의 대상지는 선택과 집중을 위해 마을 전체가 아니라 입구에서 1km의 구간을 대상으로 하였으나 제외된 지역에서 또 다른 소외감을 느낄지도 모른다는 걱정 때문에 이정표를 4군데 더 제작 설치하기로 했다.

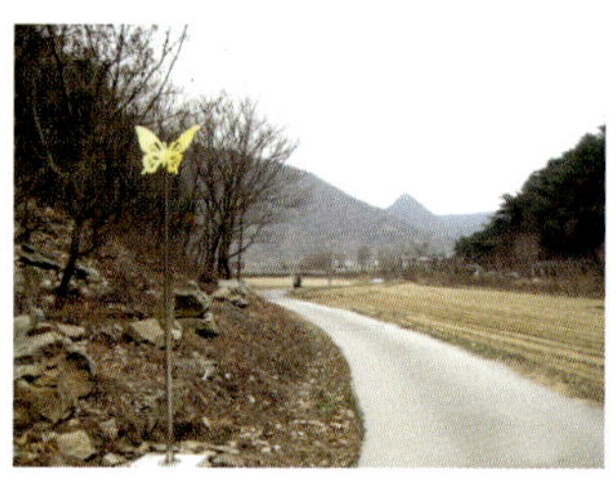
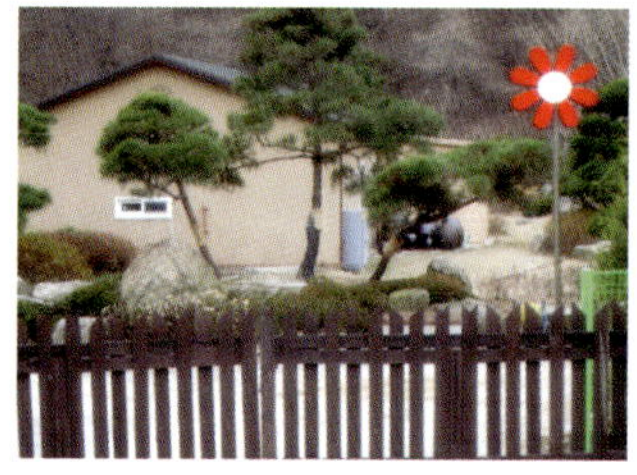
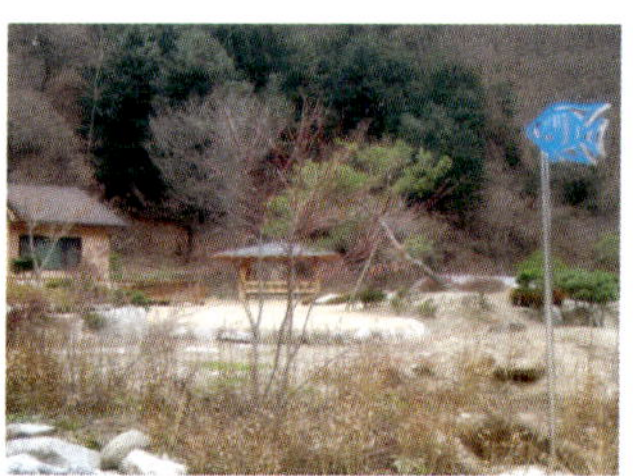
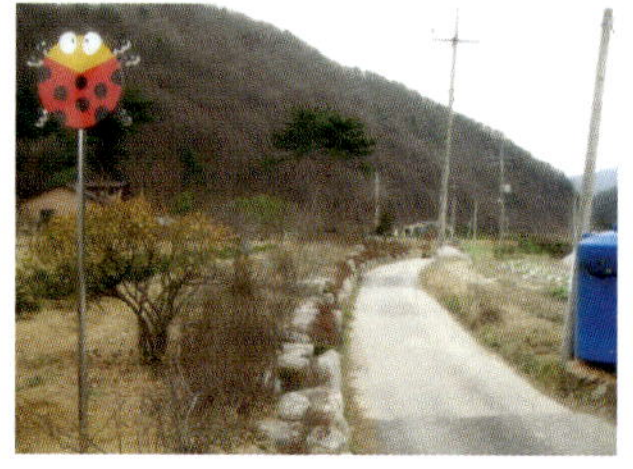
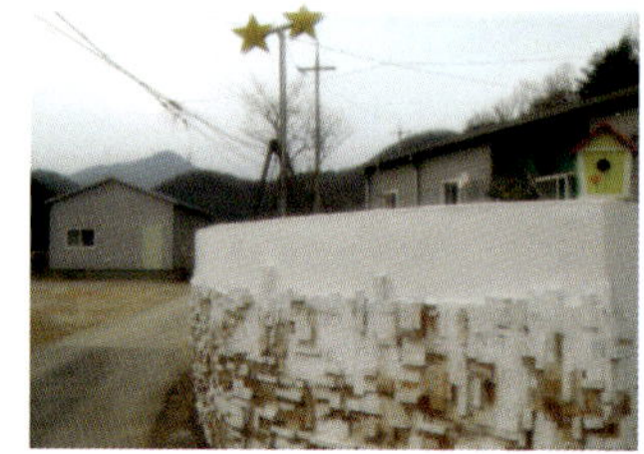
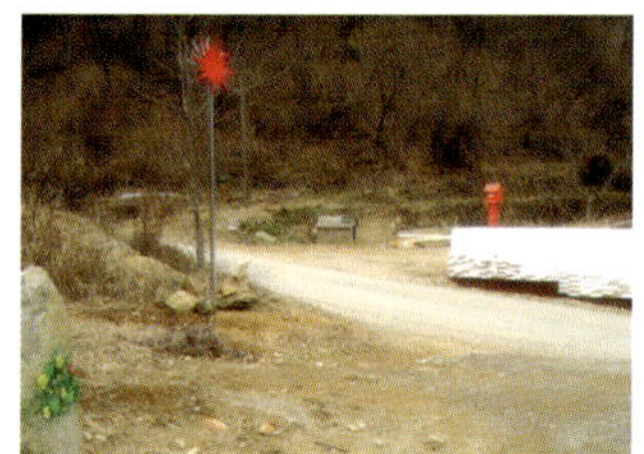

우·체·통

○ 작　　　가 : 이종희
○ 작품내용 : 산책로에 우체통을 설치하여 지역과 지역, 사람과 사람의 원활한 소통을 바란다는 의
　　　　　　도를 충족시키는 작품
○ 제작방법 : 철판으로 원형을 제작한 후 우레탄 도장
○ 작품재료 : 철판, 엽서
○ 작품규격 : 1,000×1,000×3,000(h)mm

　　어느 날부터인가 장문의 편지가 사라지게 된 후 인터넷과 핸드폰이 이를 대신하게 되었다. 마음 속 이야기, 정보 등을 빠르게 입수하고 빠른 속도로 걸러내는 시대를 살고 있지만 "과연 소통은 잘 되고 있는가? 숙성된 김치처럼 시간과 인내를 기지고 편지를 쓰고 받는 일을 그리워하진 않는가?" 하는 질문으로부터 우체통 작품은 시작되었다. 각종 고지서로만 채워지는 우편함을 보면서 살가운 편지 한 통, 엽서 한 통을 쓰고 받자는 의도가 포함되었다. 처음엔 기존의 우체통과 비슷하게 크기만 크게 해서 만들려고 했다. 그러나 부엉배마을에 '큰바위얼굴' 같은 인물이 나타나길 바라는 마음으로 얼굴 형태의 우체통을 제작하였다. 작품의 입 부분으로 엽서

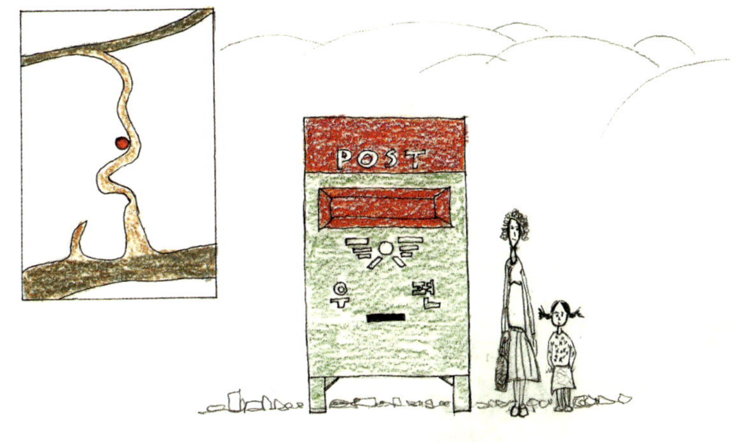

를 넣고 뒤쪽에서 엽서를 꺼낼 수 있도록 제작했다. 편지를 가져가게 하려면 우체국과의 협의가 필요했다. 하지만 마을 자체적으로 우체통을 관리하는 시스템이 오히려 능률적일 수 있다고 생각했다. 지금 우체통은 운영되지 않고 있다. 그러나 향후 우체통을 정상적으로 사용할 수 있는 시스템을 구축하기 위해 마을에서 준비 중이다. 따뜻한 봄 햇살을 받으며 아트벤치에 앉아 누군가에게 마음을 전하는 엽서 한 장 쓰는 한가로움을 상상해 본다.

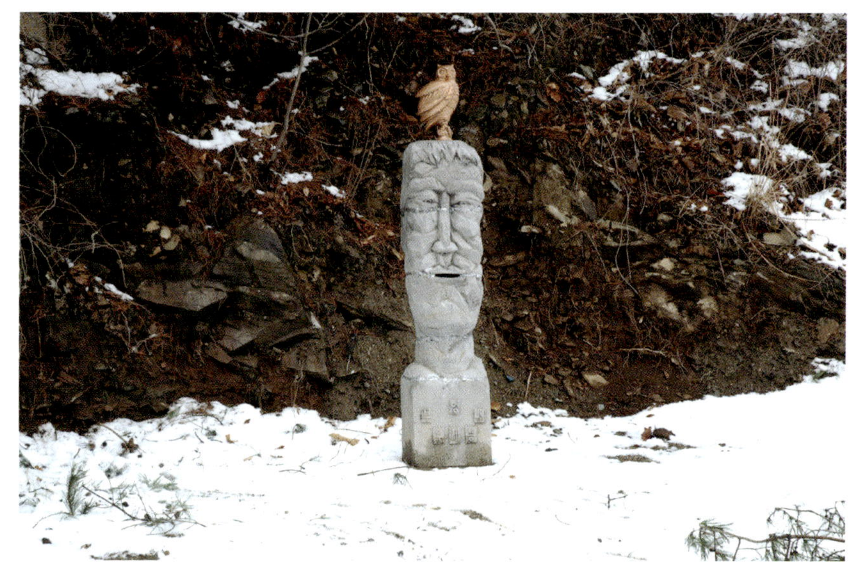

마·을·정·자

- ○ 작　　　가 : 이석우
- ○ 작품내용 : 부엉배마을의 회합 장소로 마을의 단합과 소통을 위한 작품 제작
- ○ 제작방법 : 소나무, 기와 등으로 제작
- ○ 작품재료 : 소나무, 판재, 기와, 도자토
- ○ 작품규격 : 3,000×3,000×5,000(h)mm

작품이 놓일 곳이 모두 사유지인지라 정자의 자리가 가장 큰 이슈였다. 정자가 들어설 후보지는 대략 네 군데 정도였는데 우체통이 놓인 자리와 지금의 정자 자리, 마을 중간, 마을 끝 (재재기로 가는 길과의 합류지점)이었다. 우체통이 놓인 자리는 마을 초입으로 45번 국도를 조망할 수 있는 곳이었다. 국도에서도 정자가 잘 보이도록 해 마을의 운치 있는 첫인상을 보여 주려했다. 그러나 실제로 이용할 때는 마을 사람들이 접근하기 편하지 못하다는 결론이 났다. 마을 중간과 끝은 사유지이기 때문에 정자가 사유화 될 수 있고 승인 후에도 사유지 주인에 의해 문제의 소지가 남아있다는 의견이 있어 결국 지금의 정자 자리로 낙점되었다.

지금의 정자 자리는 하천부지로 사용승인권을 가지고 있던 주민에게서 승낙을 받았고 주민 부부의 이름에서 한자씩 따 '현승정(賢承亭)'이라고 이름을 붙였다.

정자와 게시판 제작은 마을 주민이자 대목인 이석우 씨가 맡

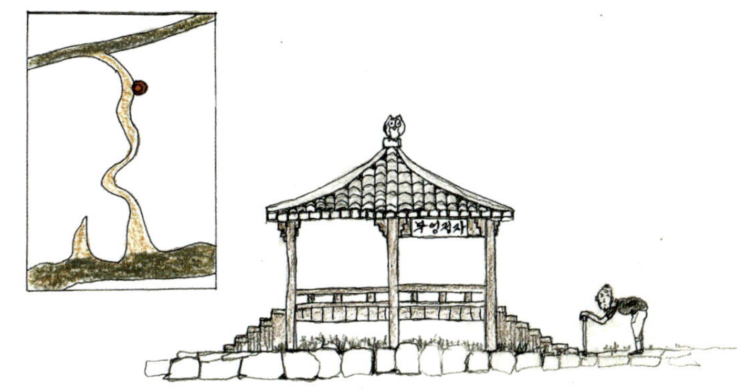

앉다. 지금의 정자 자리에서 개울 쪽이냐, 도로 쪽이냐에 의견이 갈리기도 했지만 결국 원만하게 정자 제작이 이루어졌고 현재는 마을주민의 회의장소로, 지나가는 나그네의 쉼터로 활용되고 있다. 정자의 존재는 공적 공간으로써의 실용성뿐만 아니라 한국의 미를 재현한 경관의 아름다움도 갖추고 있어 널리 권장할만한 가치가 있다. 향후 마을 곳곳에 정자를 설치할 예정이며 마을 주민들이 힘을 합해 제작에 참여한다면 공동체 의식을 높이는 효과도 있을 것으로 보인다.

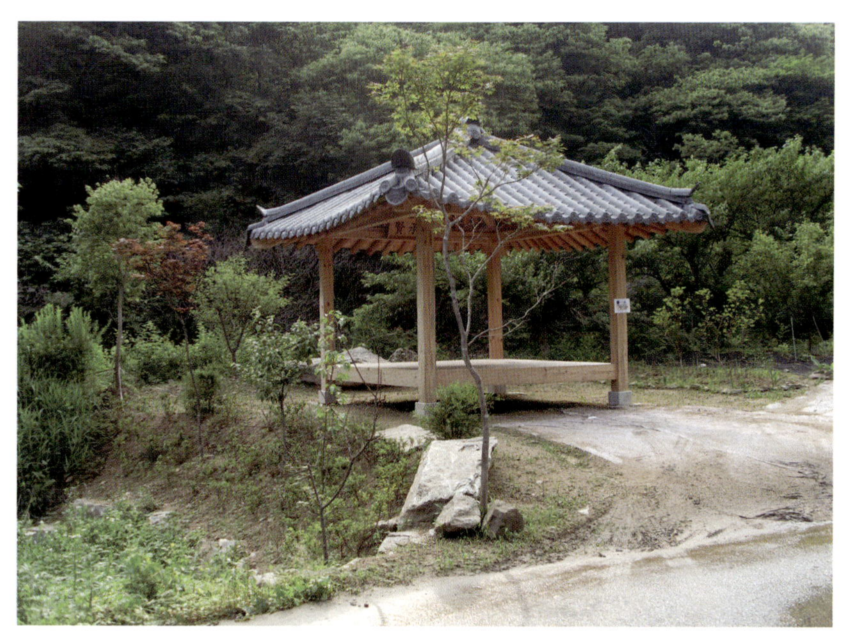

마·을·게·시·판

○ 작　　가 : 이석우, 이석숙(지도)

○ 작품내용 : 마을 사람들에게 전할 내용을 게시판을 통해 전달하기 위함

○ 제작방법 : 나무로 재단한 뒤 기단 위에 설치

○ 작품재료 : 소나무, 판재, 기와

○ 작품규격 : 1,000×500×2,000(h)mm

마을 게시판의 제작은 마을주민과의 공동 작업을 목표로 하였으나 작업량이 많아지는 관계로 공동작업을 포기하고 이석우 씨가 단독 제작하기로 하였다. 마을 정자의 이미지와 일관성을 가지도록 제작하였다. 마을 입구 상징조형물에 부착될 마을지도는 마을 게시판에 부착되었고 지도 제작은 이석숙 씨가 맡았다.

마을 게시판은 오프라인 공간의 기능을 고려하였고 각종 회의(이장단, 주민자치 등)의 자료들을 올리고 공개하는 장소의 역할을 부여하여 작업을 했다. 민주주의 사회에서 대표로 선출된 자가 대의정치를 실행할 때는 정치행위를 공개할 의무가 있는 것이지만 이곳에선 아직 그런 절차들을 무시하는 것이 관행처럼 되어 있었다. 그것은 직접 소통을 희망하는 주

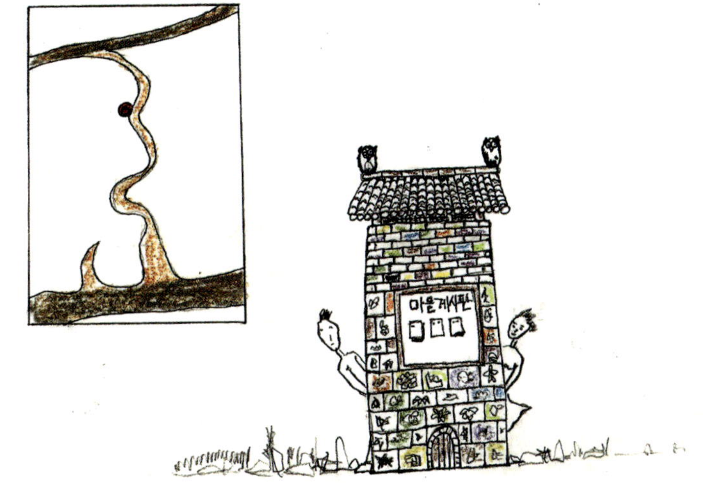

5. 나뭇잎을 모티브로 한 아트벤치(김태영)

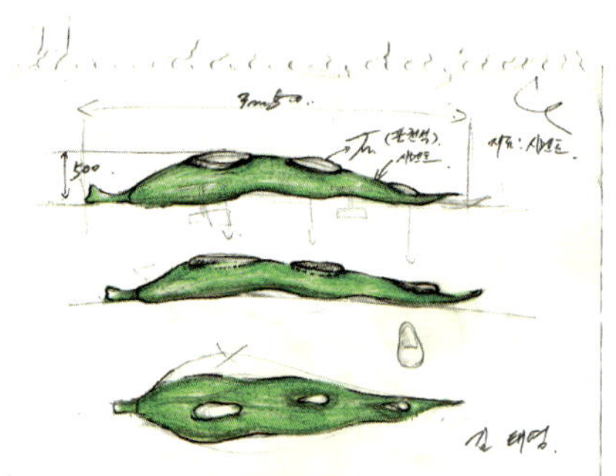
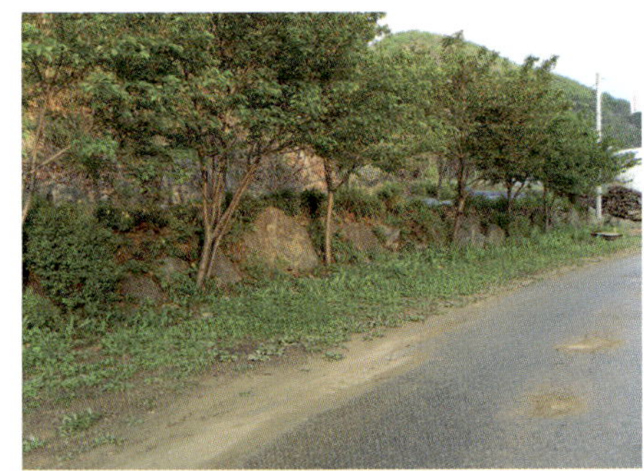

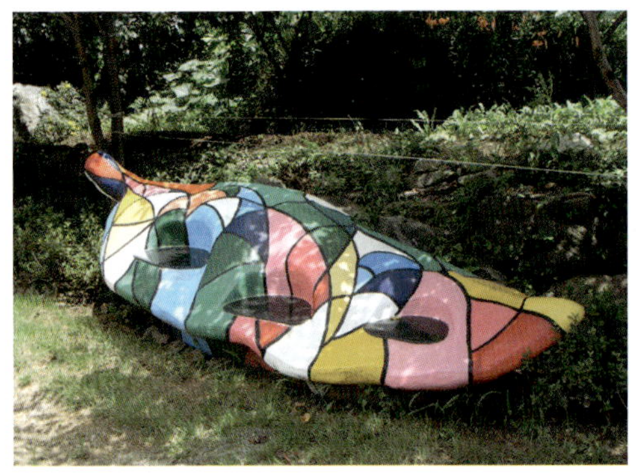

6. 나는 새를 모티브로 한 아트벤치(정용남)

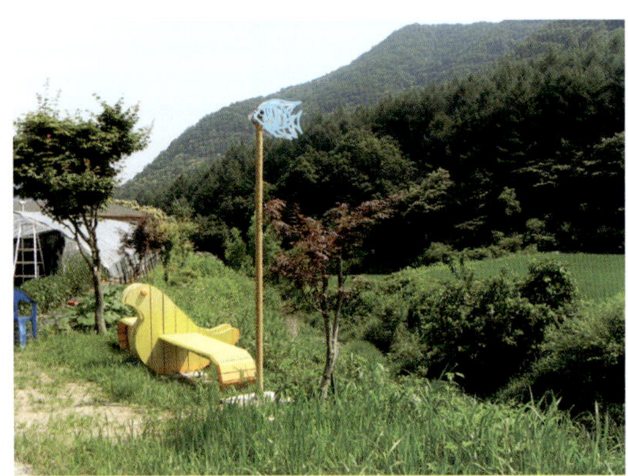
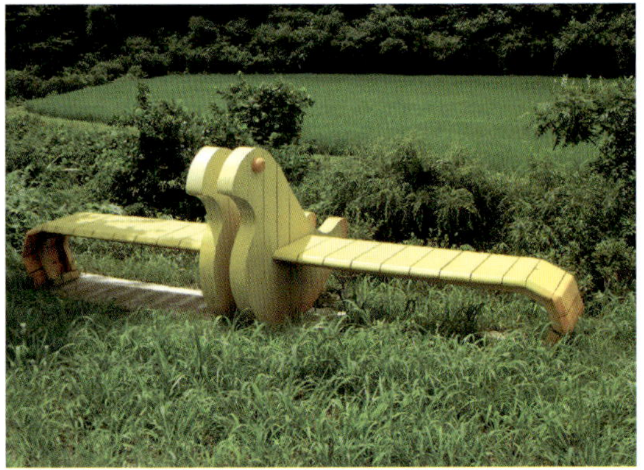

민들에게 따돌림, 무시 등으로 여겨질 수 있는데 게시판으로 인하여 머지않은 미래엔 이런 문제들이 해결 될 수 있을 것으로 보인다.

　　미술 프로젝트가 진행되는 동안 마을에 스피커를 달면 어떻겠느냐는 제안이 있었다. 하지만 스피커를 달면 부엉이의 서식에 방해가 되지 않겠느냐는 지적이 나왔고 대체물로 게시판이 두 개가 세워지게 되었다.

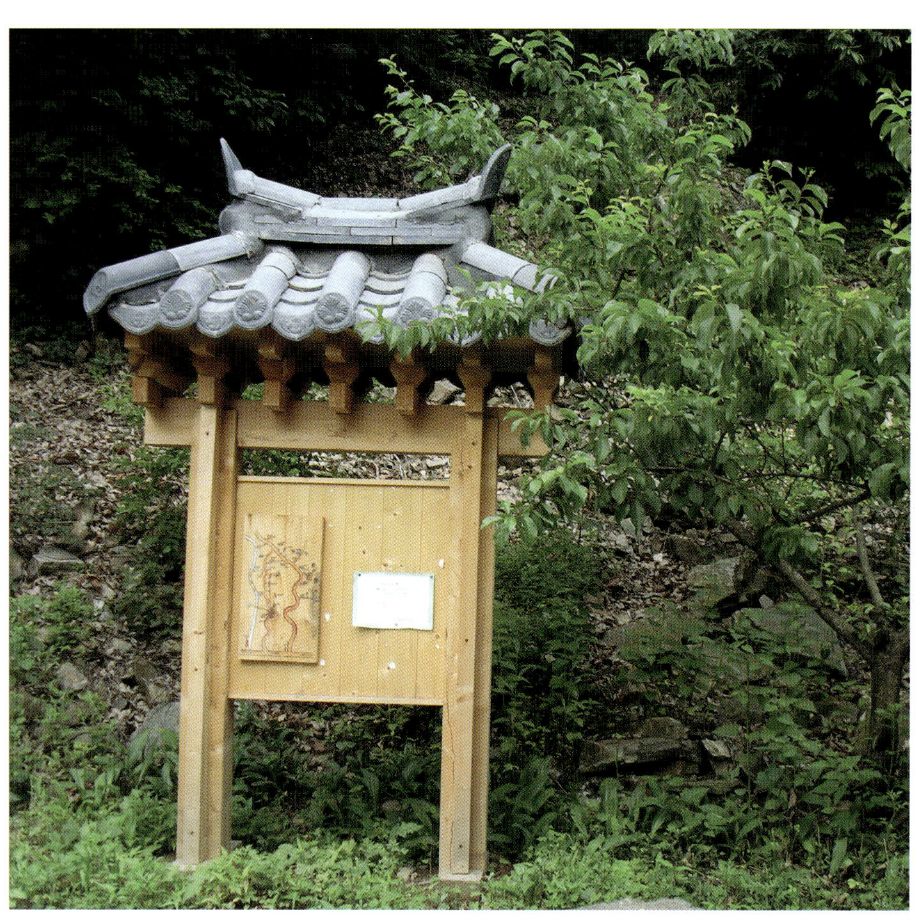

아·트·벤·치

○ 작　　　가 : 정재연, 김동배, 문성온, 황학삼, 김태영, 정용남

○ 작품내용 : 산책로에 아트벤치를 제작하여 설치

○ 제작방법 : 원형제작 후 채색

○ 작품재료 : 방부목, 스테인리스, 철, 시멘트 등

○ 작품규격 : 2,000×500×500(h)mm

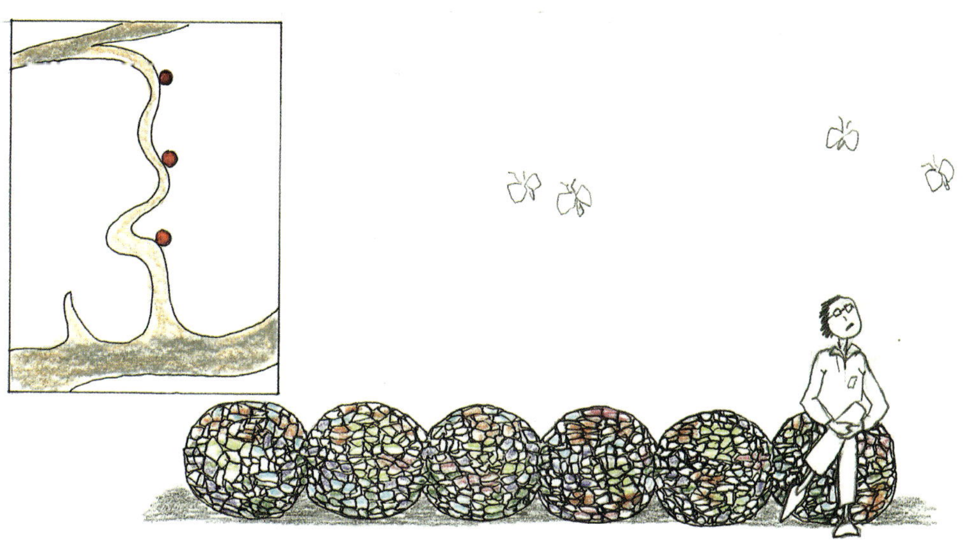

1.완두콩을 모티브로 제작한 아트벤치(정재연)

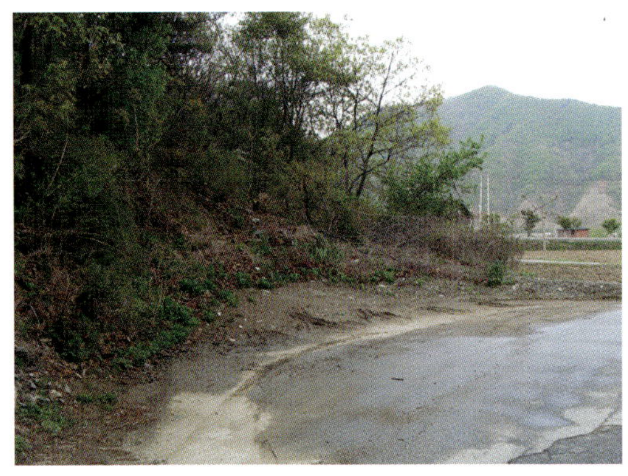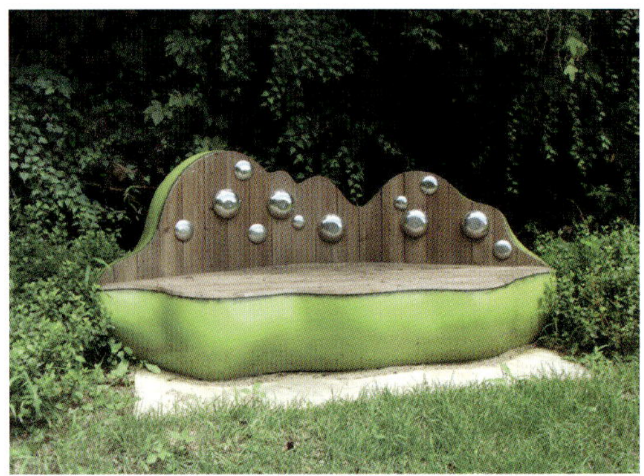

2.소파를 모티브로 제작한 아트벤치(김동배)

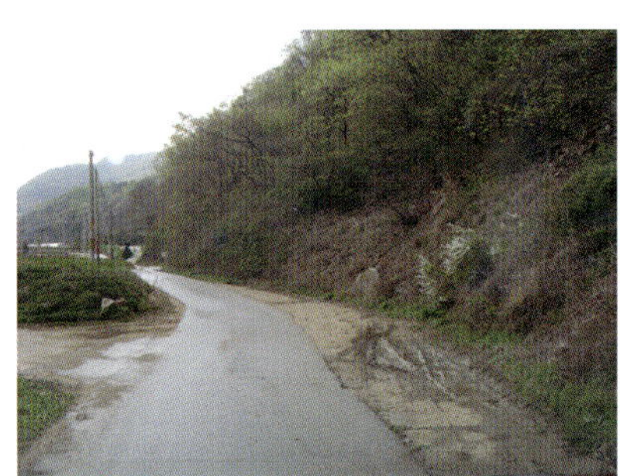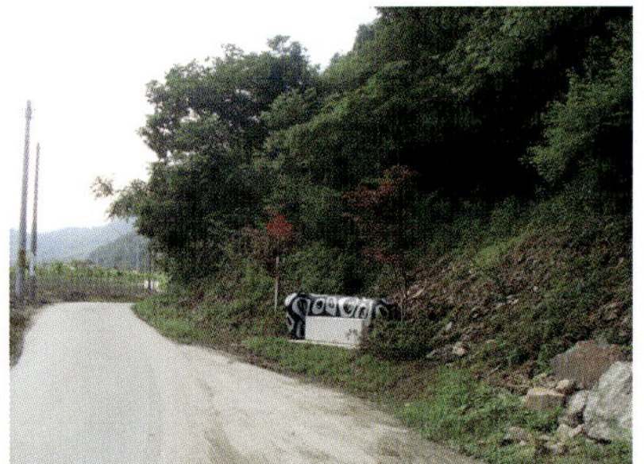

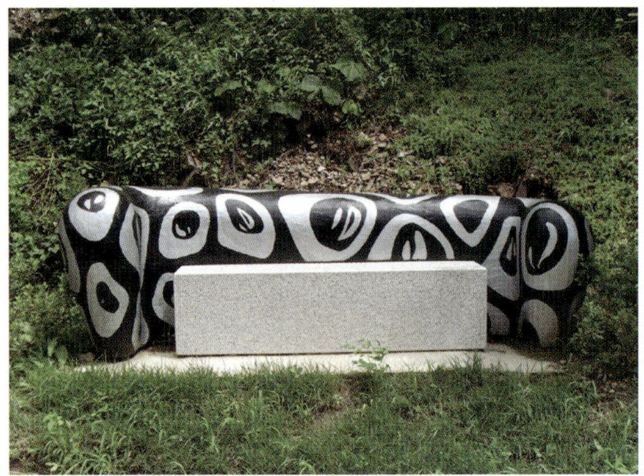

3.왕과 여왕의 자리를 모티브로 제작한 아트벤치(문성온)

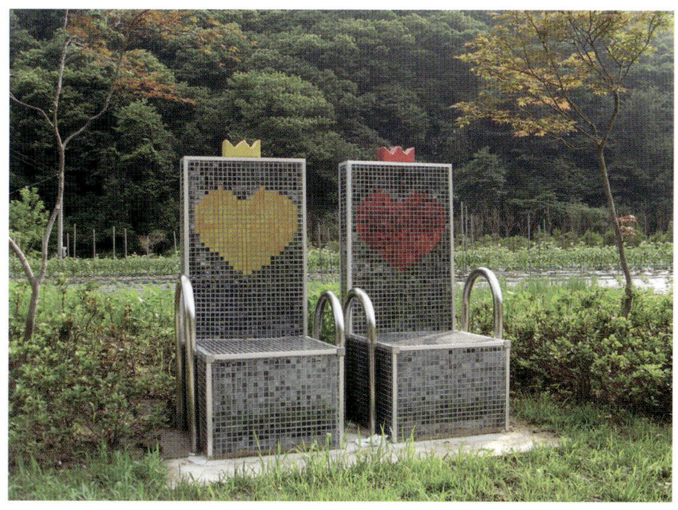

4.앵두를 모티브로 한 아트벤치(황학삼)

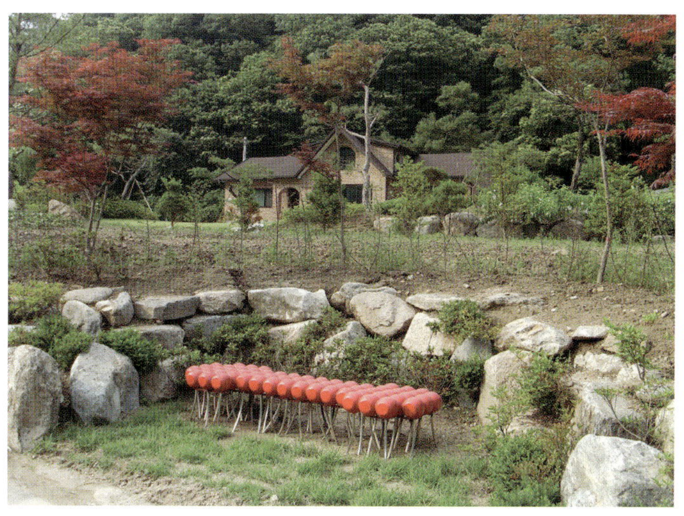

5. 나뭇잎을 모티브로 한 아트벤치(김태영)

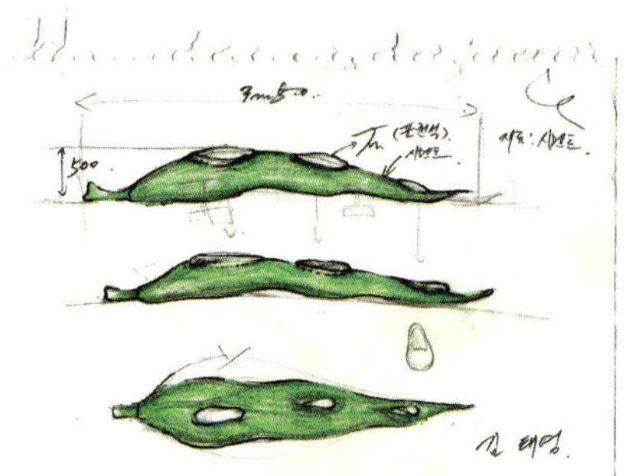

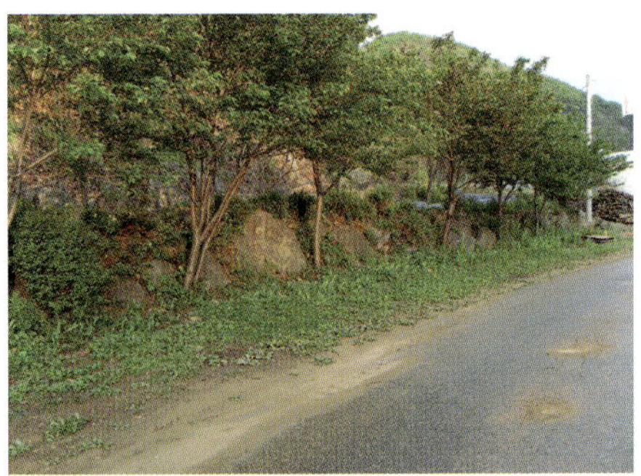

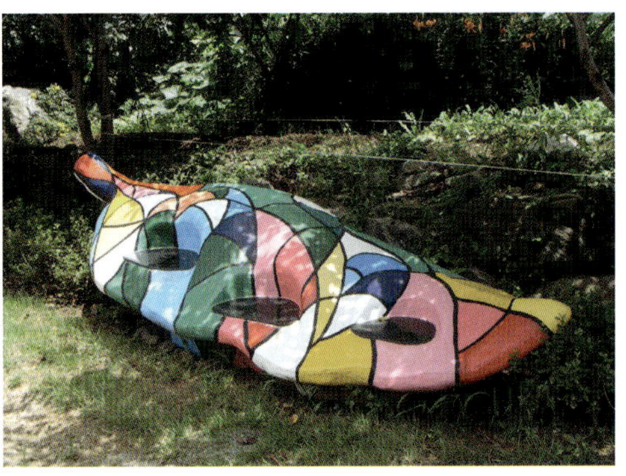

6. 나는 새를 모티브로 한 아트벤치(정용남)

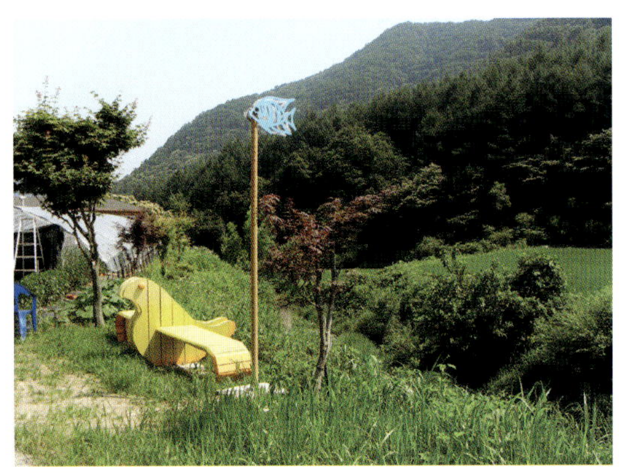

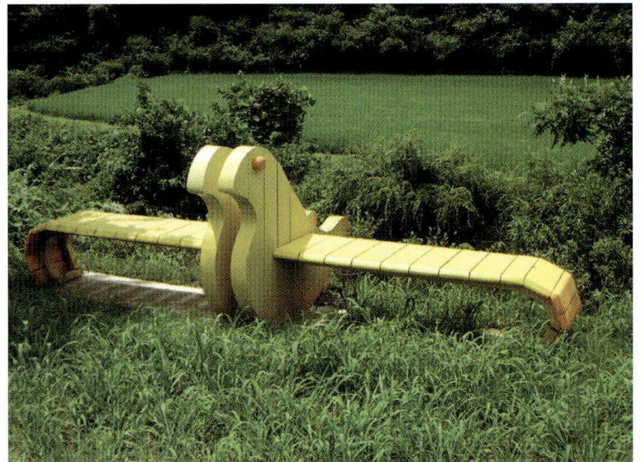

암·각·화·퍼·포·먼·스

○ 작　　가 : 작가 10인

○ 작품내용 : 마을길 곳곳에 있는 바위에 암각화를 제작하는 퍼포먼스로 지역의 조각가 열 명이 이

　　　　　　 틀 동안 동력을 사용하지 않고 순수 손작업으로 암각화를 제작하는 작업을 시연

○ 제작방법 : 수작업

○ 작품재료 : 바위, 끌, 정 등

○ 작품규격 : 200×100×300(h)mm −10set

　암각화는 지역의 조각가들이 길 곳곳에 있는 바위에 손작업으로 작품을 남기는 과정을 보여주는 퍼포먼스에 초점을 맞춘 기획이었다. 그러니 마을회의에서 자연석에 행위를 하는 것이 자연 훼손이라는 의견이 있어 합의를 이끌어내지 못하고 조그마한 돌에 야생화를 그리는 것으로 대체하는데 합의하였다.

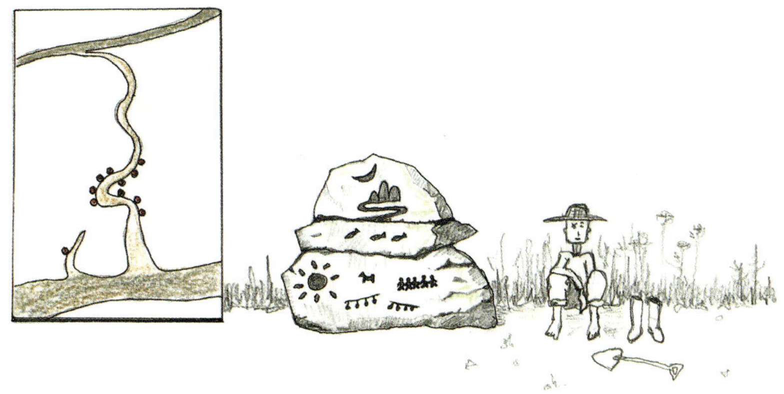

석·화(石花 : 들꽃 피우기)

○ 작   가 : 황대영, 김윤신(주민)

○ 작품내용 : 마을길 곳곳의 조그만 돌에 야생화를 그려 설치

○ 제작방법 : 돌 위에 그림

○ 작품재료 : 돌, 아크릴물감, 픽서티브

○ 작품규격 : 100×100×100(h)mm −100set

　　이정표와 마찬가지로 프로젝트 대상지 외 부엉배마을 곳곳에 작품을 설치하기로 의견을 모았고 제작 설치를 통해 선택과 집중을 넘어선 합일을 도모했다. 들꽃피우기 프로젝트는 처음 계획에는 포함되어 있지 않았다. 눈이 내린 부엉배의 겨울은 고즈넉한 분위기를 연출한다. 낙엽이 떨어지고 녹색이 사라진 을씨년스러운 풍경은 봄을 기다리게 한다. 그 즈음의 황량한 길을 생각하며 들꽃 피우기 작업을 진행하기로 하였다. 꽃이 만발하고 녹음이 우거질 때 '들꽃 피우기' 작업은 눈에 띄지 않지만 황량한 겨울의 풍경 속에서의 '들꽃 피우기' 작업은 잘 보이고 움트는 생명에의 염원을 담을 수 있다.

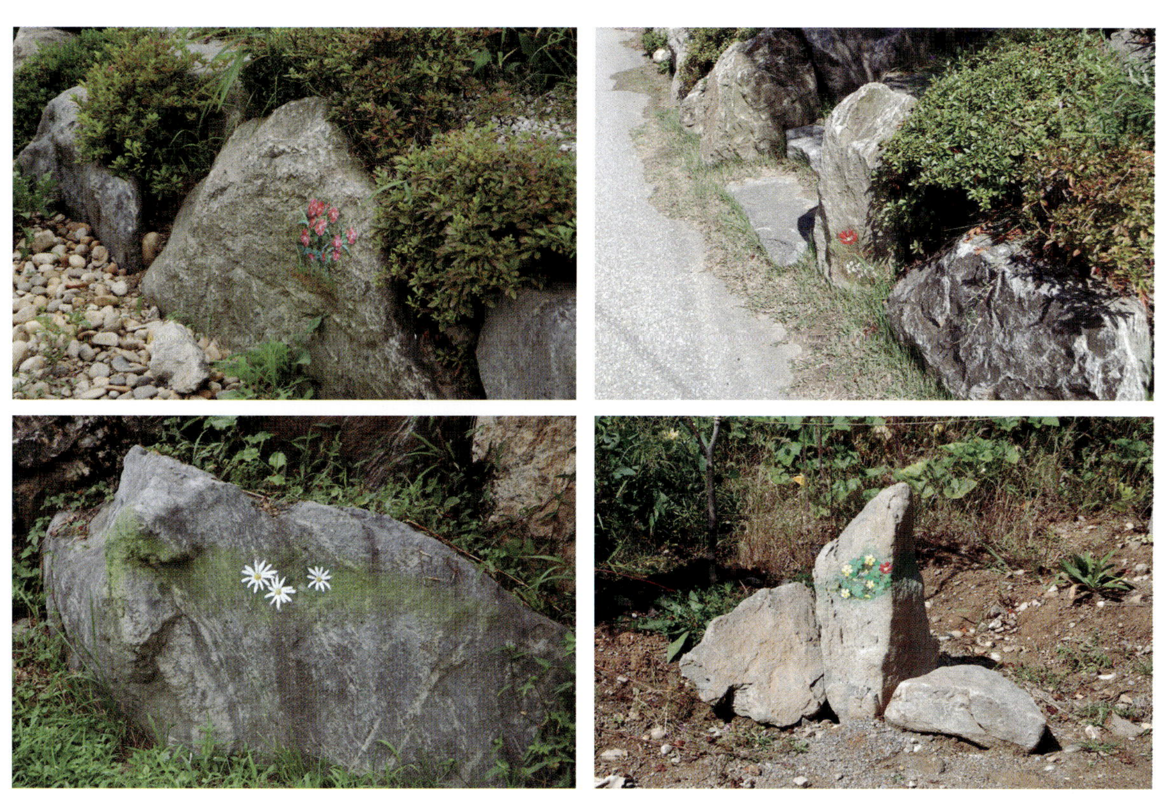

부·엉·이·조·형·물

- ○ 작　　가 : 김성기
- ○ 작품내용 : 부엉이가 서식하고 있는 바위산 밑에 부엉이를 기념하는 조각상 제작 및 설치
- ○ 제작방법 : 화강석으로 제작
- ○ 작품재료 : 화강석
- ○ 작품규격 : 500×500×2,000(h)mm

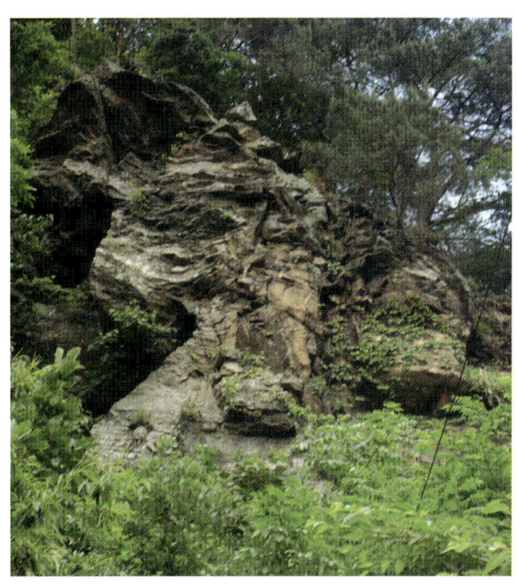
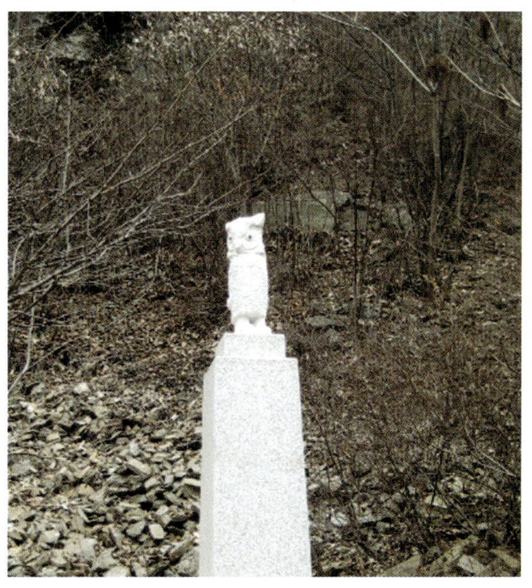

　　들꽃 피우기와 마찬가지로 원래 계획에는 없었던 작업으로 부엉이가 살고 있는 바위산 밑을 정비하고 부엉이의 형상을 딴 작품을 설치하여 마을의 상징인 부엉이를 기념하는 작업이다. 조각가 김성기의 작품으로 처음 계획은 마을 입구 상징조형물로 계획하였으나 작품의 크기가 작다는 주민들의 의견으로 부엉바위 밑에 설치하게 되었다.

　　부엉바위 밑 왼쪽으로는 돌 위에 엄마 부엉이와 새끼 부엉이를 그려 설치해 놓았는데 새끼를 분실하였다. 그런데 1주일 후에 누군가 다시 새끼를 갖다 놓았다. 그러나 올해(2010) 초 두 개를 모두 도난당하고 말았다.

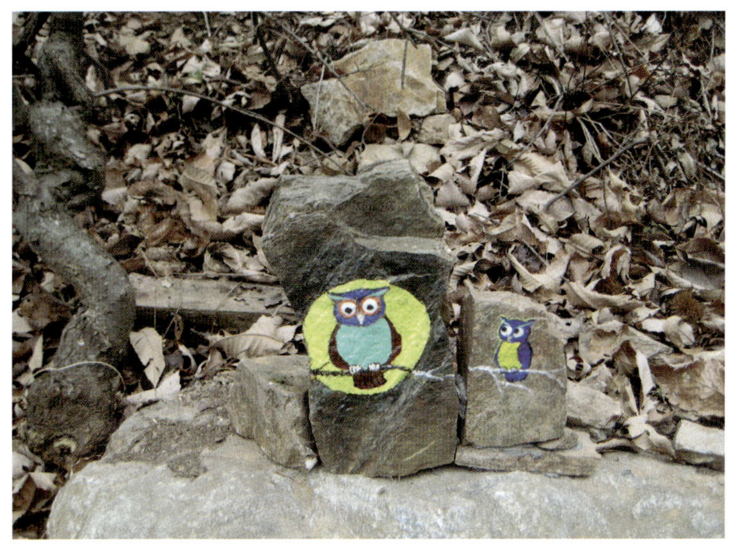

부엉배 마을 길섶에 설치되었던 부엉이 그림을 찾습니다. 누가 가져 갔는데 찾을 수 있을까요?
부엉이 가족 실종 신고 : 부엉이 가족을 애타게 찾고 있습니다. 블로그 부엉배마을로 연락 바랍니다.

옹·벽·벽·화

○ 작   가 : 위종만, 프로젝트 참여작가, 마을 주민

○ 작품내용 : 마을 중간의 시멘트 옹벽이 마을의 자연환경과 어울리지 않는다고 판단하여 이곳에
　　　　　　벽화 제작 및 설치

○ 제작방법 : 방부목을 다양한 크기로 재단하여 부착

○ 작품재료 : 방부목

○ 작품규격 : 50,000×2,000(h)mm

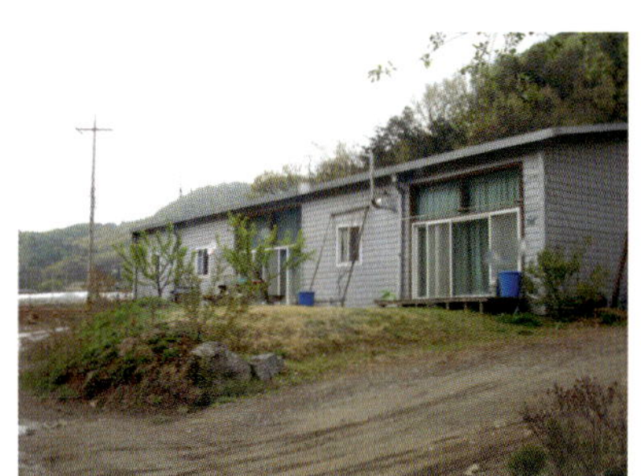 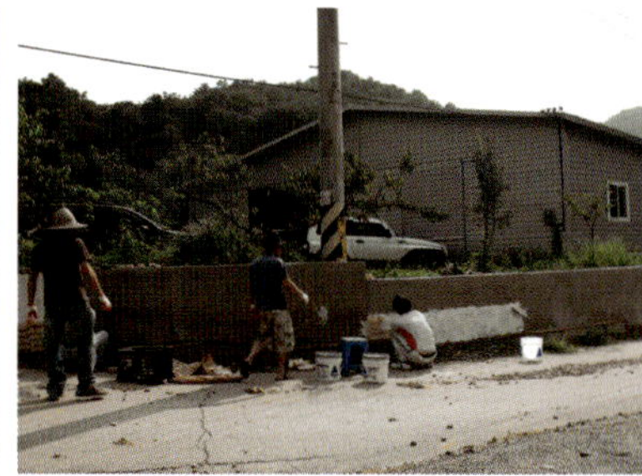 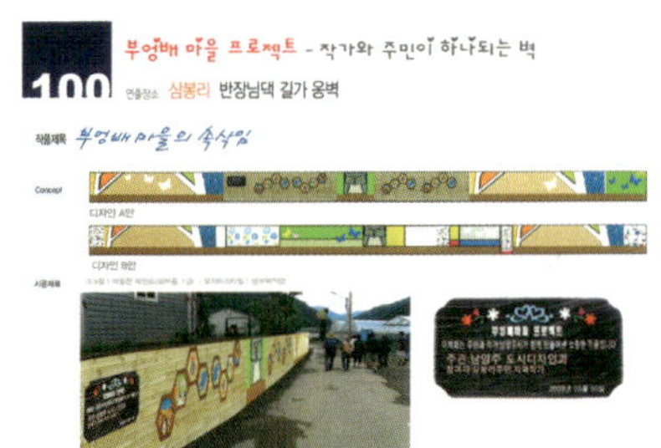

　　길과 집의 경계에는 담이 있기 마련인데 부엉배마을의 집들은 담이라기보다는 돌로 화단을 만들어 길과의 경계선을 정하는 형태가 많았다. 그러나 이러한 방법이 경계선의 의미를 잃고 사생활의 방해를 받을 경우 거주자는 시멘트, 펜스 등으로 담을 쌓게 된다. 거주자 인근 주민들의 소득 경로가 밭에서 이루어지고 밭의 참여자가 많아지는 체험형 소득구조상 본의 아니게 받게 되는 사생활 침해에 대한 반응으로 보이며 이에 따라 시멘트 담벼락이 나타나게 되는 것이다. 시멘트 담이 필요 없던 과거의 생활 모습이 점점 가능하지 않게됨을 의미하기도 한다.

　　그래서 마을 중간쯤에 위치한 시멘트 담벼락에 대한 저마다의 의견이 분분했다. 하지만

이미 존재하고 있는 것들을 철거하기보다는 거기에 예술적 장치를 도입하여 친화적 구조물로 만들자는 합리적인 쪽으로 의견을 모았다. 이 작업은 프로젝트에 참여했던 작가들의 공동작업과 주민의 참여로 가능했다. 작품 제작은 이틀에 걸쳐 진행되었으며 재료의 선택은 대상지에서 쉽게 구할 수 있는 자연친화적인 나무로 정하였다. 크기가 다른 나무를 일정한 크기로 켜서 붙이는 방식을 시도했다. 그러나 나무의 성질(뒤틀림, 수축, 팽창)을 제대로 파악하지 못하고 재료를 선택하다 보니 하자를 보수해야 할 일들이 많아졌다. 따라서 작업의 개념과 설치가 완벽했음에도 재료선택에서 전문성과 연구부족으로 결국 실패한 작업으로 남았다.

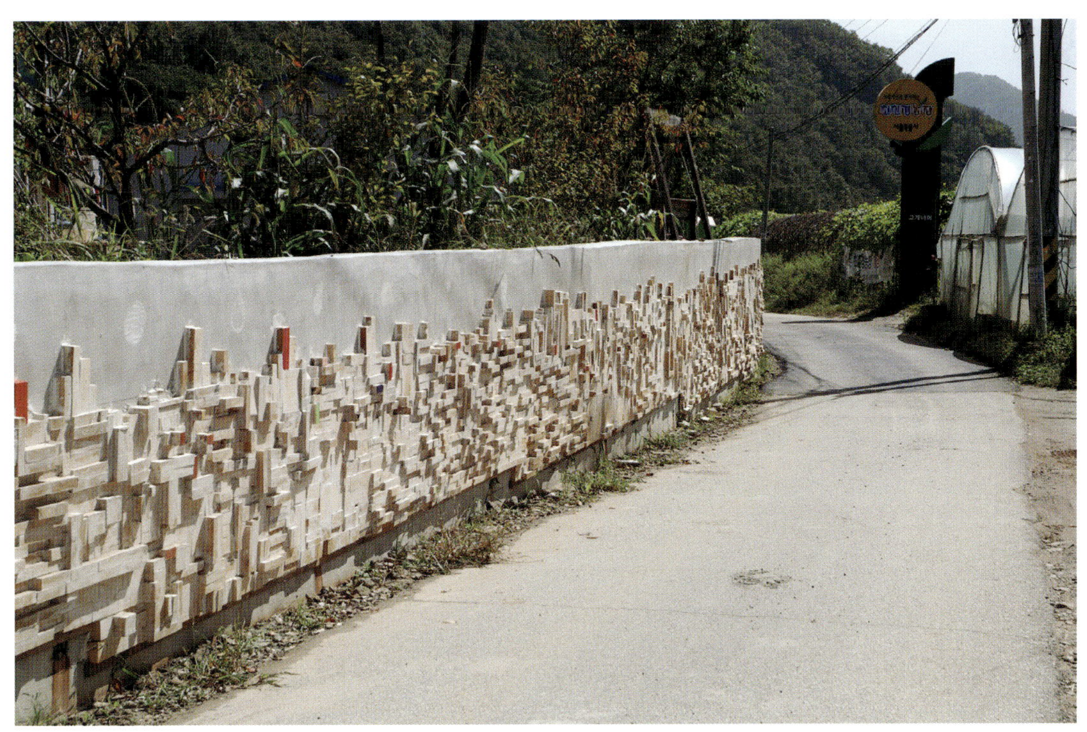

얼·굴·그·림

○ 작   가 : 공공예술 들로화집단
○ 작품내용 : 마을 사람들의 얼굴 사진을 일러스트레이션 기법으로 그려 마을 정자 안에 설치
○ 제작방법 : 나무판 위에 그림
○ 작품재료 : 나무
○ 작품규격 : 200×200mm

　　프로젝트를 기념하기 위해 함께했던 마을 사람들의 얼굴 사진을 일러스트레이션 기법으로 그려 정자 내부에 부착하려고 하였으나 마을 사람들의 의견이 분분하여 지금 일부는 돌려주고 일부는 소장하고 있다. 앞으로 마을에 공공건물이 들어서면 입구에 설치할 예정이다. 공공건물은 부지가 필요하고 건축도 해야 하는데 이 계획은 마을의 장기계획에 포함되어 있다.

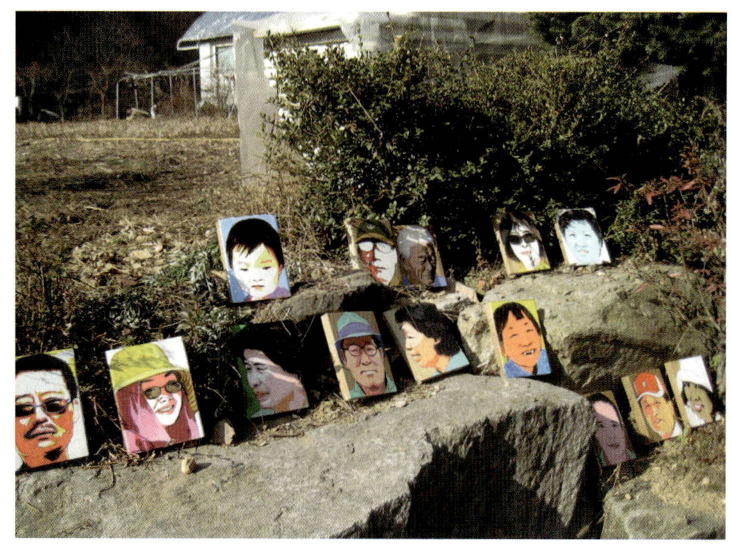

작·은·것·들·에·대·한·관·심

프로젝트가 끝나갈 무렵 작은 것들에 대한 관심을 그림으로 옮겼다.

화실을 떠나 남의 집 대문, 벽 그리고 작은 것들에 옮겨지는 그림들을 통해 마을 전체가 갤러리가 되는 작은 희망을 꿈꾸어본다.

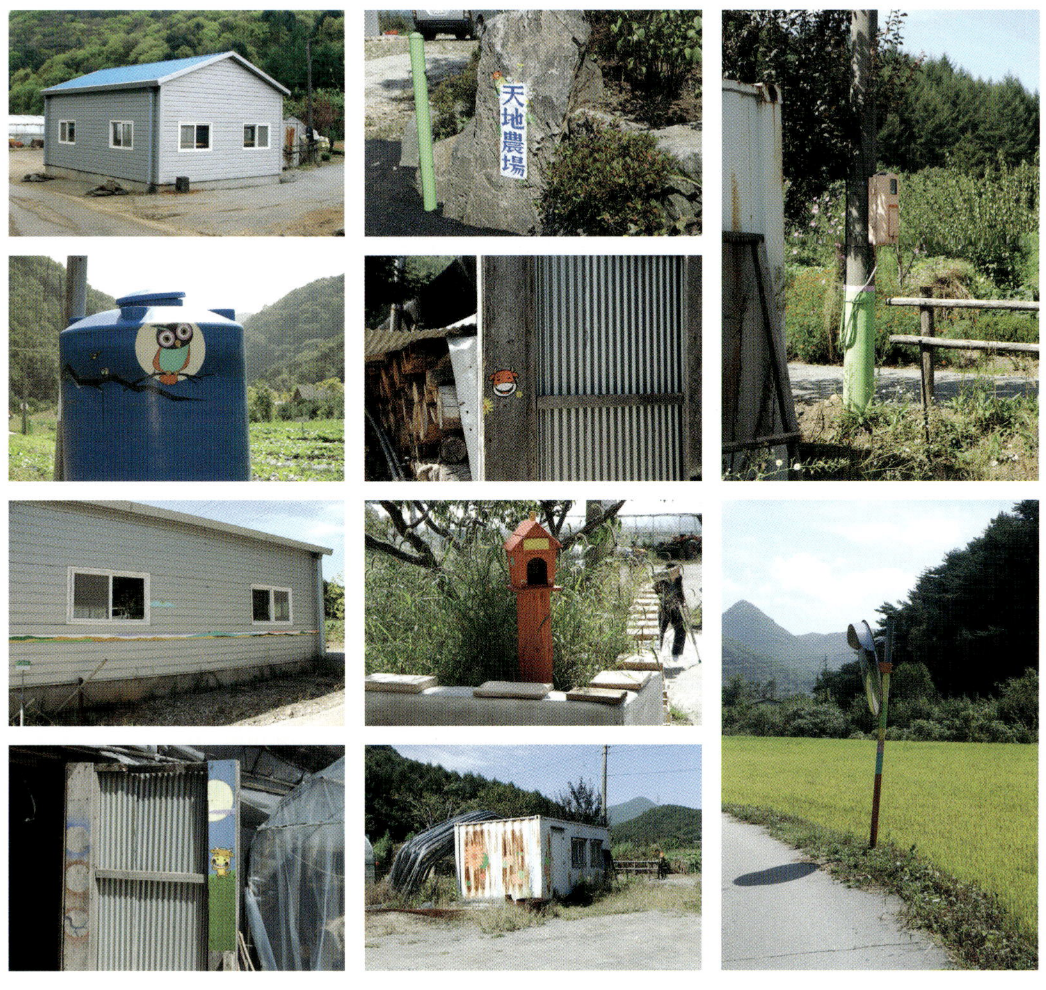

마·을·입·구·간·판·및·간·판·정·비

○ 작　　가 : 마을주민
○ 작품내용 : 마을 입구와 마을길에 난립한 간판을 정비
○ 제작방법 : 입구간판을 세우고 마을길 간판 제거
○ 작품재료 : 벽돌, 기와, 나무
○ 작품규격 : 1,000×500×3,000mm

　　마을 입구의 간판과 마을길에 있는 간판 그리고 전봇대 등에 붙은 광고와 플래카드 등을 정비하는 사업 등은 애초 계획에 포함되어 있지 않았다. 간판은 마을의 식당과 카페 등 사업장을 알리는 것으로 생존과 직결된 문제이기 때문에 함부로 거론하는 것조차 조심스러웠다. 그러나 마을 입구부터 미술품이 들어서기 시작하면서 마을길을 아름답게 하기 위한 마을 주민과 사업주들의 고민이 시작되었고, 마침내 사업주들이 간판 정비에 기꺼이 동의하기에 이르렀다. 입구 간판의 구조물은 한국적 미를 살려 미송에 음각을 새겨 달았다. 처음 단 간판은 색깔과 글씨체가 만족스럽지 못해 다시 달았다. 마을길의 간판과 전봇대 등에 붙은 각종 광고판들은 마을 주민과 함께 떼어냈다.

　　간판 정비가 이루어지면서 마을길은 확연히 달라졌다. 계획에도 없던 간판 정비 사업이 이루어지도록 도와준 사업주들에게 지면으로나마 깊이

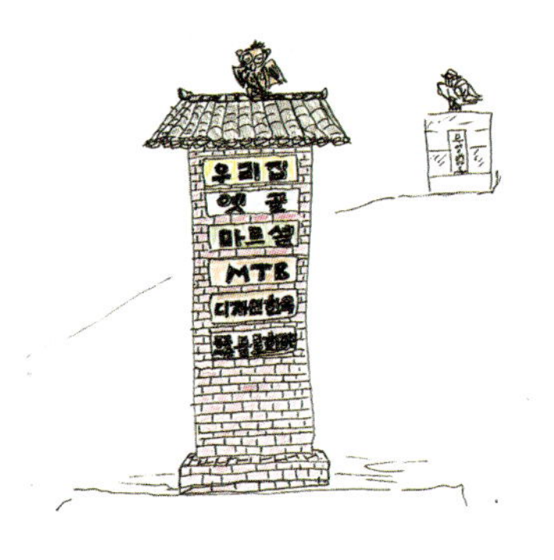

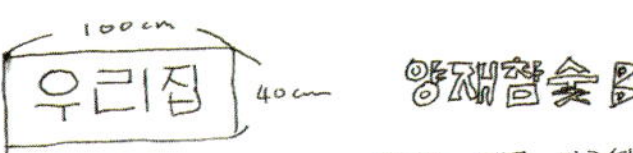

감사드린다. 공동체와 공생을 생
각하고 실천한다는 것은 사실 너
무 어려운 일인데 실제로 눈앞에서
일어나는 것들을 보고 감개무량했
다. 45번 국도변을 따라 조안과 화
도를 지나다 보면 난립한 간판들이
주변경관과 어울리지 않고, 유쾌하
지 못한 풍경으로 다가온다. 간판
은 우리 시대 길가의 얼굴이 되고
있다. 명품 도시, 명품 길은 요원
한 것인가. 편안하고 넉넉한 삶이
느껴지는 간판을 꿈꾸어 본다.

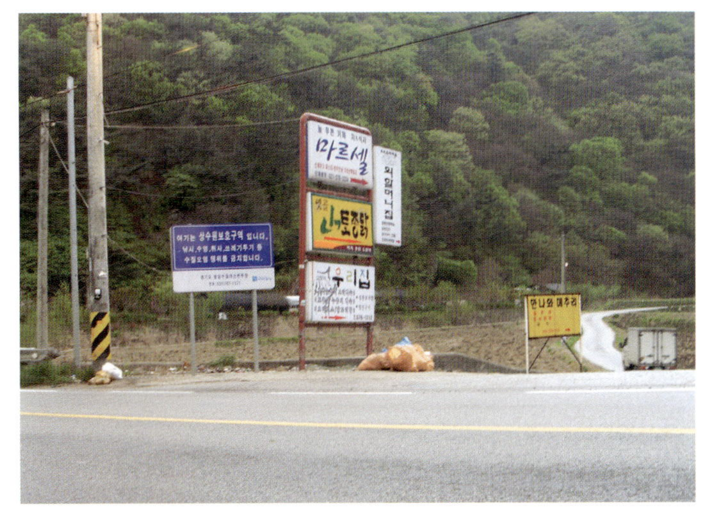

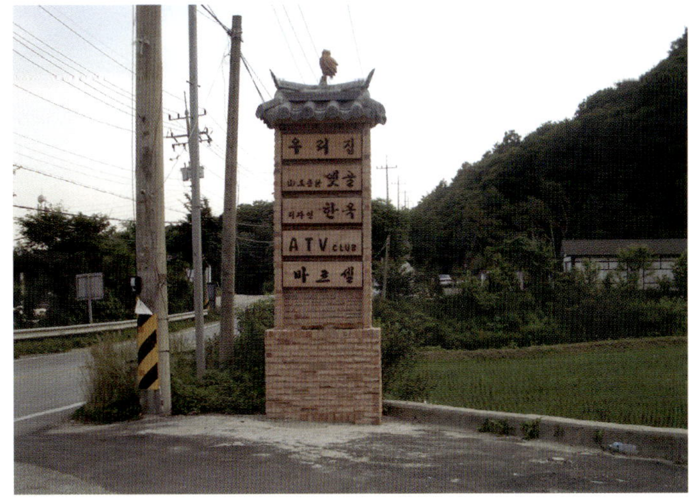

마·을·길·청·소

마을길 청소는 반이 결성되고 나서 실행에 옮겨졌다. 마을길 청소는 마을입구에 쓰레기가 마구 버려져 마을입구의 이미지를 많이 손상시키고 있다는 자각에서 시작되었다. 길이 깨끗해지면 그 길에 쓰레기를 잘 버리지 않게 되는 심리에 착안, 매월 첫째 주 금요일 아침 6시에 마을 주민들이 모여 마을청소를 하기로 했다. 반상회는 그날 저녁 7시에 개최되었는데 달을 거듭할수록 마을 입구와 길은 점점 깨끗해졌다. 유년시절에 마을 청소를 했던 기억은 새마을운동 때문이었던 것 같다. 불혹의 나이를 넘어 시작한 마을 길 청소는 공동체 의식을 되살림과 동시에 신선한 아침을 만나게 해주었다. 예술가라는 핑계로 아침잠이 많은 나에게 마을청소는 무척이나 곤혹스러운 일이었다. 그러나 청소를 끝내고 주민과 함께 나누는 막걸리 한잔은 그렇게 달콤할 수가 없다. 전국을 통틀어 한 달에 한 번씩 마을 청소를 하는 풍경이 있을까 의문을 품어보기도 한다. 미술프로젝트의 마지막 피날레는 축제로 이어졌다. 축제에 외부손님들이 오는데 지저분한 마을길을 보여줄 수는 없다고 마을 주민들은 사흘에 걸쳐 길가의 풀을 베고, 돌을 쌓고, 나무를 옮겼다. 개인의 공간에 머무르던 아름다움에의 열정이 공적 공간인 길로 옮겨진 열병의 사흘이었다.

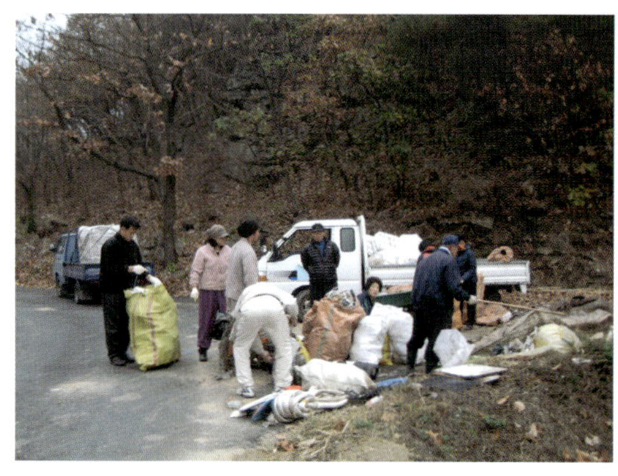
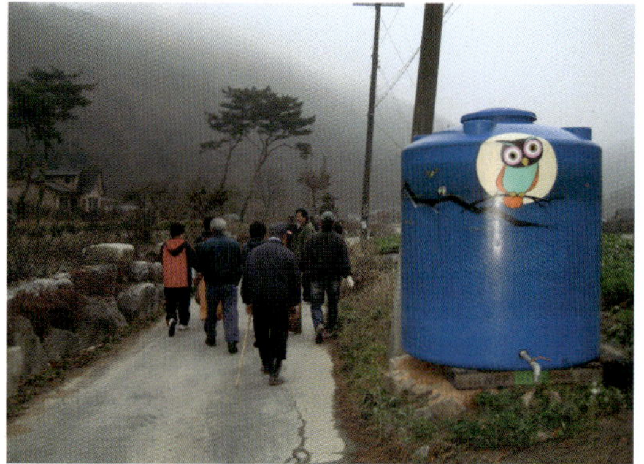

마을 축제는 미술프로젝트가 종료되면서 열렸다. 마을의 안녕과 번영을 기원하는 마음으로 십시일반 마을회비와 기금을 모아 축제를 열게 되었다. 무명천으로 둘러싼 현승정 현판을 올리는 행사로 축제가 시작되었다. 함께한 작가들과 주민들의 인사가 있었고 이석우 남양주 시장님의 축사가 이어졌다. 연세중학교 사물놀이반의 축하 공연과 연극인(이인숙)들의 마당놀이 공연도 있었다.

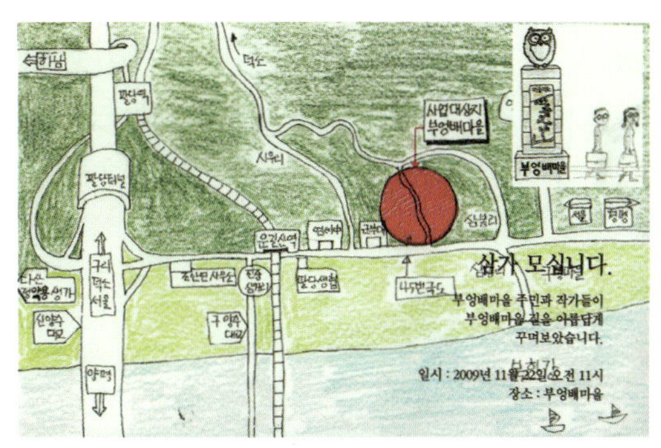

마당극 "배꼽춤을 추는 허수아비" 즐거리

징소리 신호가 공연을 알린다. 관객들이 기다리는 방향으로 싸리문이 있다. 그 뒤로 아름다운 꽃밭이 있고 그 사이에 남녀 허수아비가 있다. 허수아비의 분신인 배우 두 명이 꽃밭에서 사랑을 갈망한다. 여자는 남자를, 남자는 여자를… 둘은 깊은 사랑에 빠졌으나 남자는 겨울을 만나기 위해 길을 떠난다. 여자는 가을이 가길 기다리나 남자는 겨울을 준비하기위해 떠난다. 두 사람의 생각 차이로 둘은 헤어지지만 다시 사랑을 그리워하던 중 여자는 부엉이의 도움을 받아 다시 사랑을 하게 된다. 우리 시대의 뜨겁고 애잔한 사랑 이야기를 부엉이를 매개로 하여 아름답게 승화시킨 마당극이다.

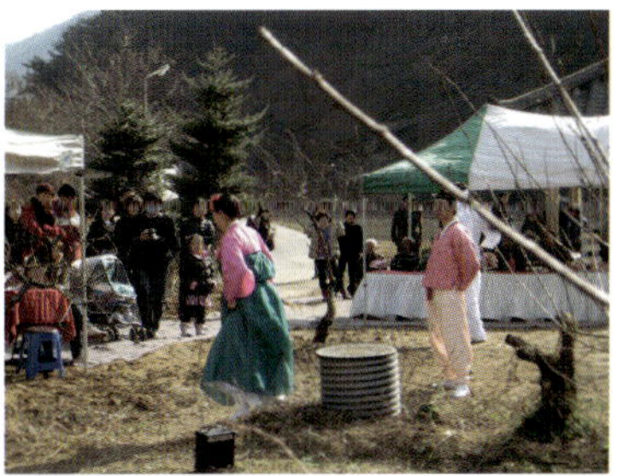

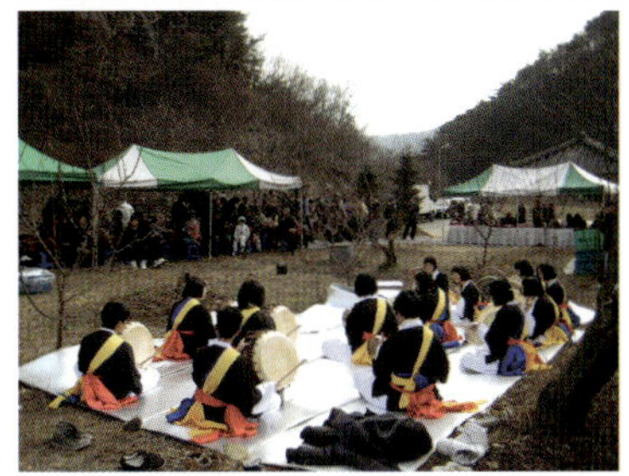

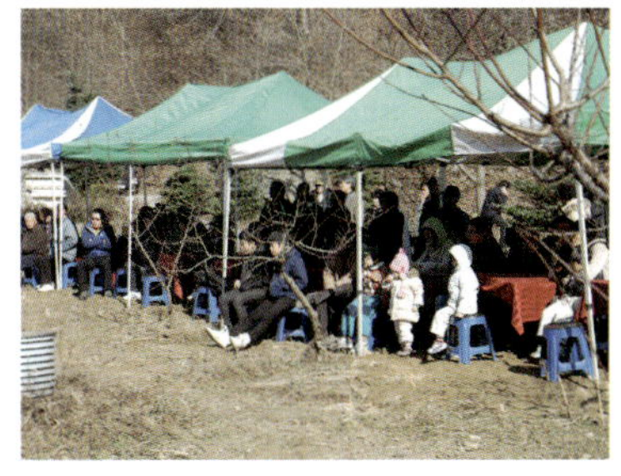

답·사

프로젝트가 끝나고 얼마의 시간이 흘렀을 때 보여주기만 하는 마을이 아닌, 친환경적으로 생활환경도 복원하고 마을에 소득원도 창출하는 마을 프로젝트를 진행해 보자는 마을 주민들의 공동 발의가 있었다. 이에 10년 전부터 환경농업으로 지역의 환경문제를 해결하고 소득원도 마련하고 있는 문당 환경농업마을 연수가 남양주시의 지원으로 이루어졌다.

출발 당일 예상했던 인원(45명)이 초과되어 나머지 인원을 승용차에 태우고 출발했다. 추수철이라 버스가 텅 빌 줄 알았는데 인원이 초과된 것을 보고 주민들의 갈증이 얼마나 컸던가 새삼 확인할 수 있었다.

충남 홍성 문당 환경농업마을은 농촌을 상품화하여 자립구조를 이룬 곳으로 농업교육관, 유물관, 역사관, 황토건강체험실 등 농업과 관련된 산업을 통해 마을의 부흥과 소득증대 및 일자리 창출을 이루어낸 모범적인 사례로 꼽히고 있다.

마을에 도착해서 유근철 문당 환경농업마을 대표이사의 강의를 듣고 점심식사를 하였다. 점심식사는 문당 환경농업마을 주민이 준비해주었다. 오후에는 현장 방문 및 토의가 이루어졌다.

돌아오는 길에 주민들은 부엉배마을도 문당 환경농업마을처럼 변화할 수 있다는 자신감을 갖게 되었다. 이 자신감은 곧 행동으로 나타났고 이에 대해서는 이 책의 2부 '커뮤니티 비즈니스' 편에서 상세하게 다루도록 하겠다.

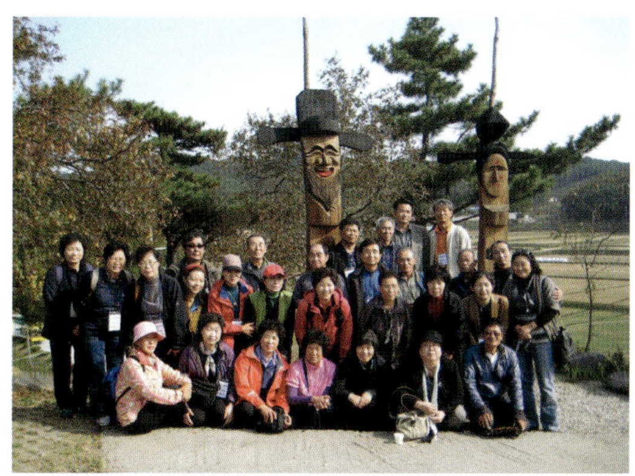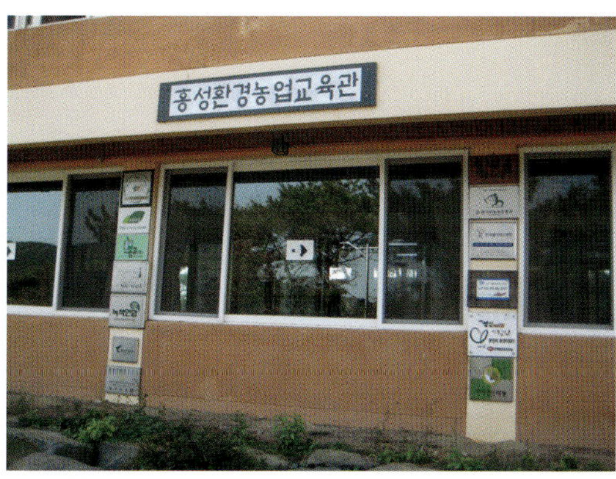

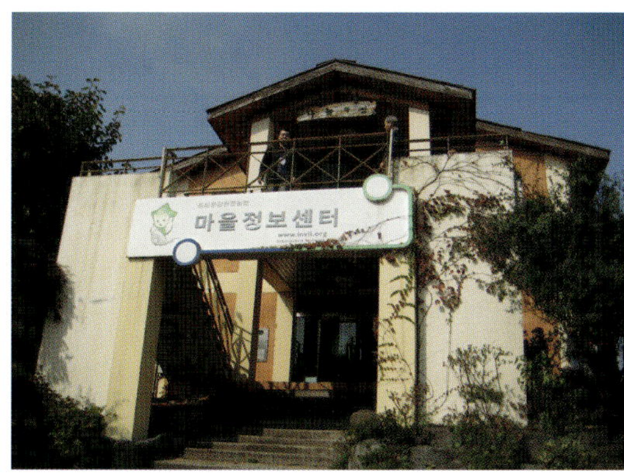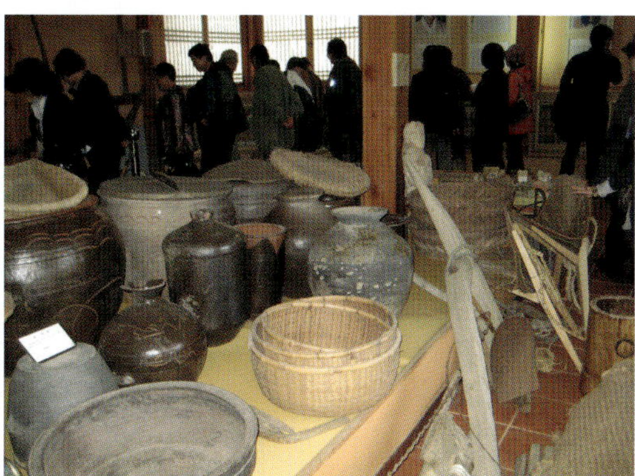

부·엉·배·화·이·트

프로젝트가 끝난 부엉배의 겨울은 미술 작품과 어울어져 더욱 아름다웠다. 45번 국도에서 본 마을의 풍경과 길을 사진으로 담아보았다. 황량한 겨울에도 빛이 나는 마을. 봄은 풀빛으로 여름은 물빛으로 가을은 하늘빛으로 하얗게 빛나는 부엉배 화이트…

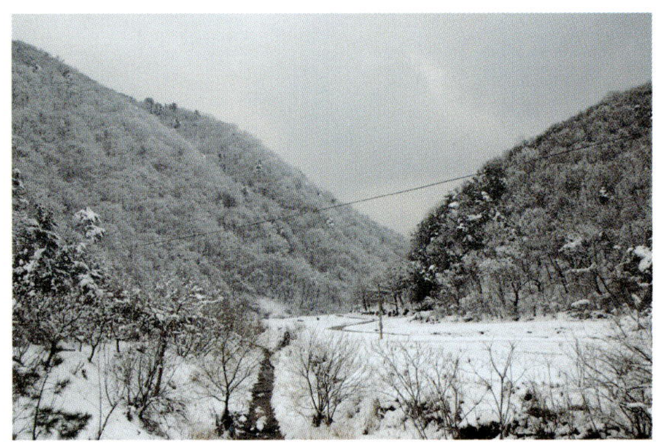

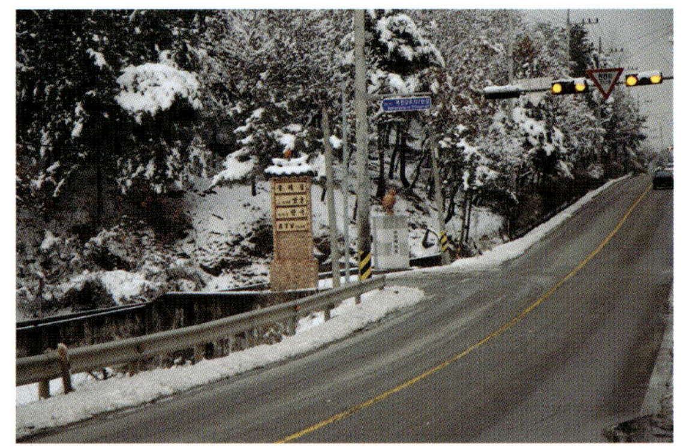

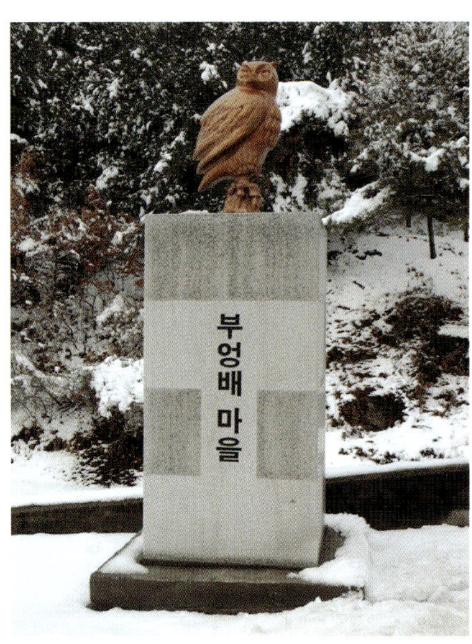

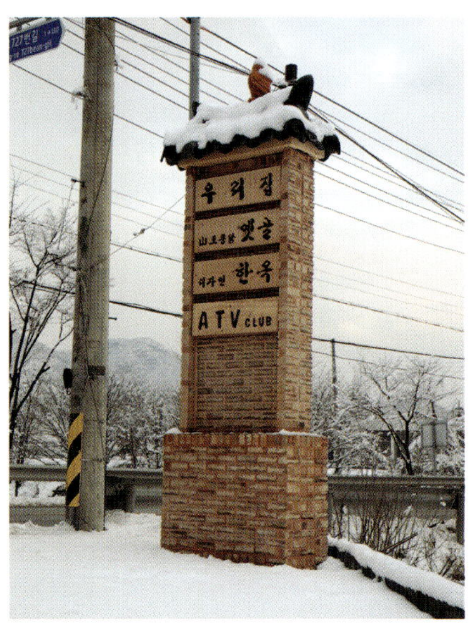

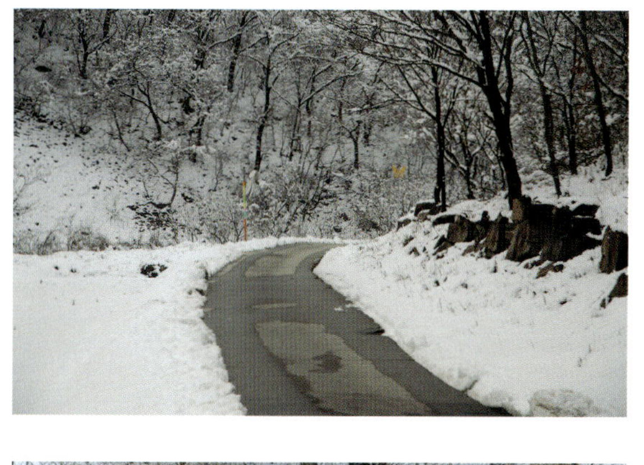
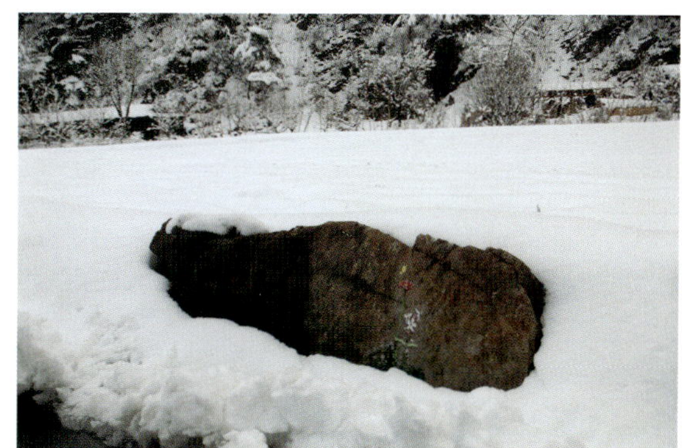
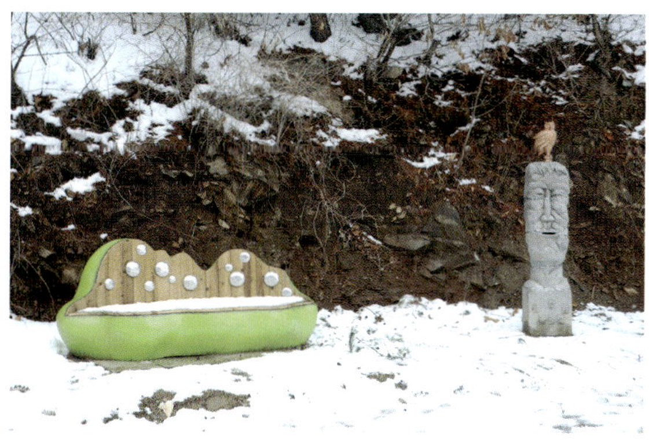
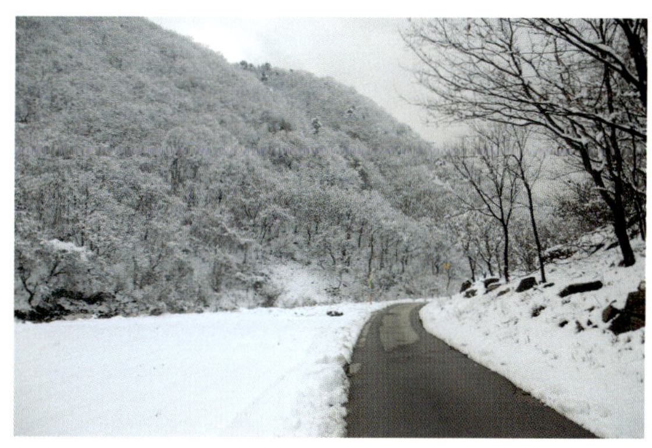
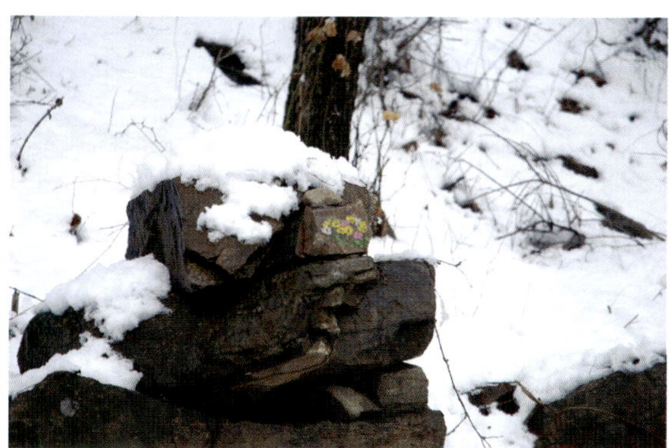
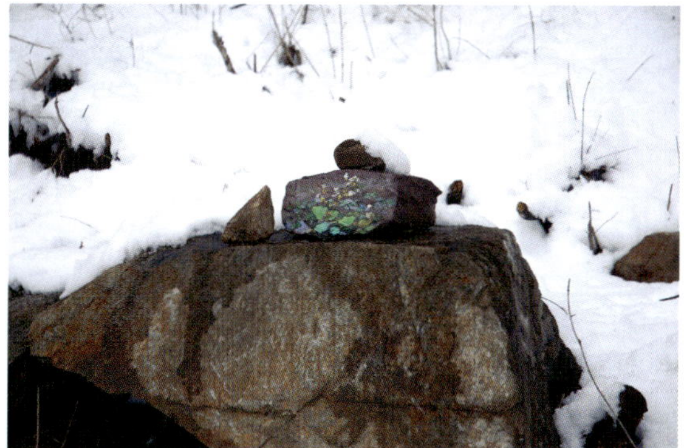

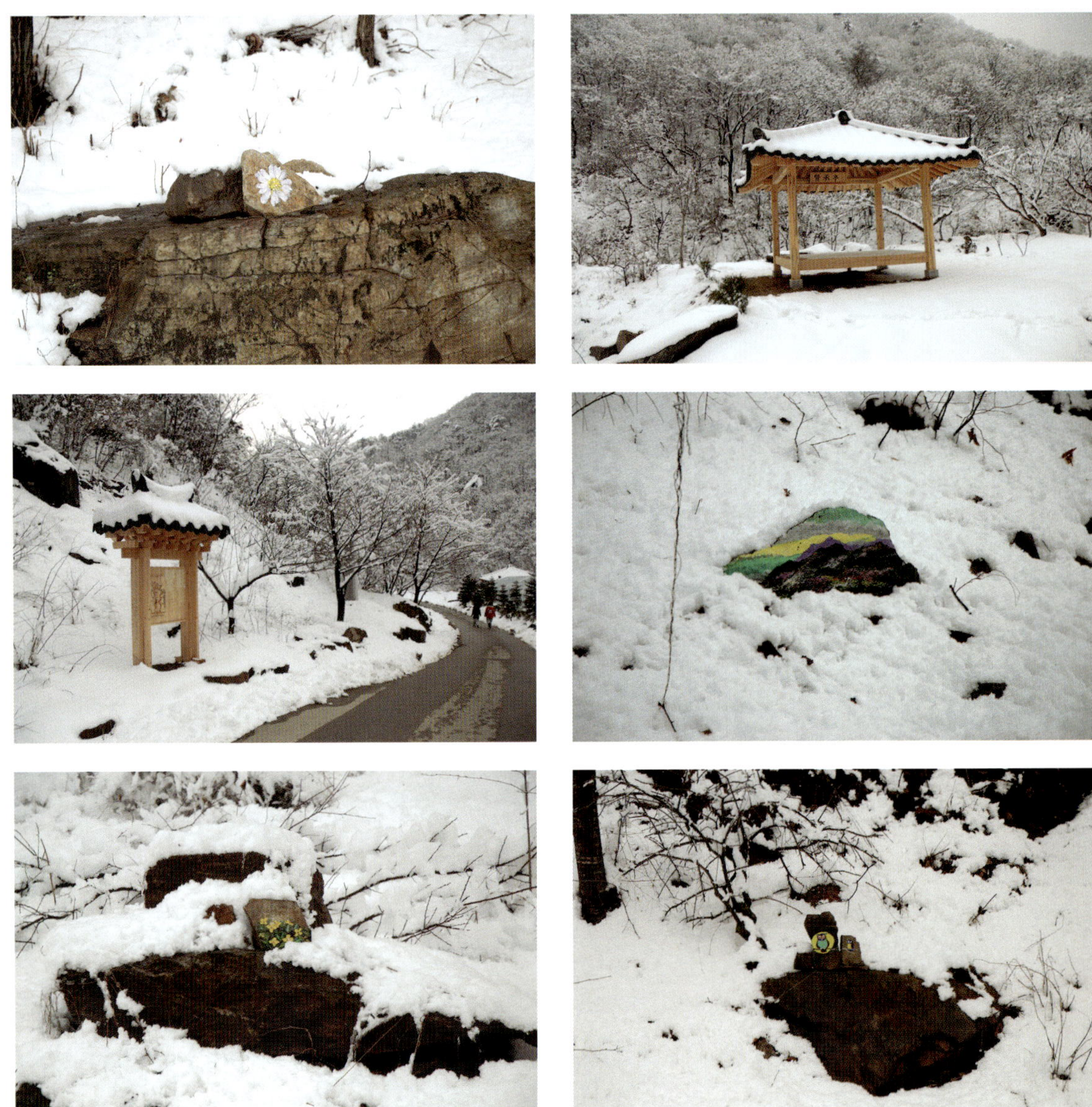

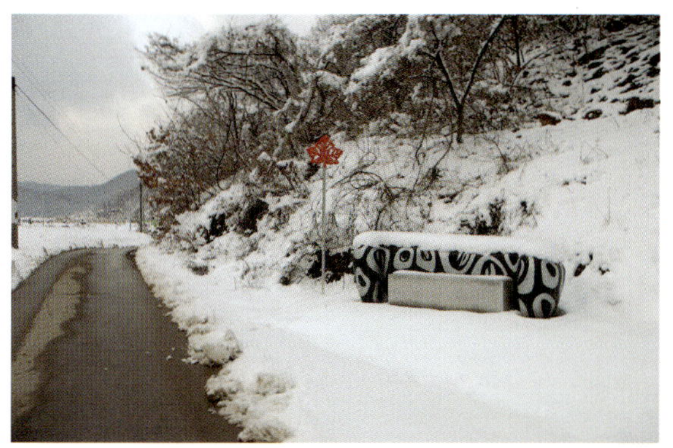
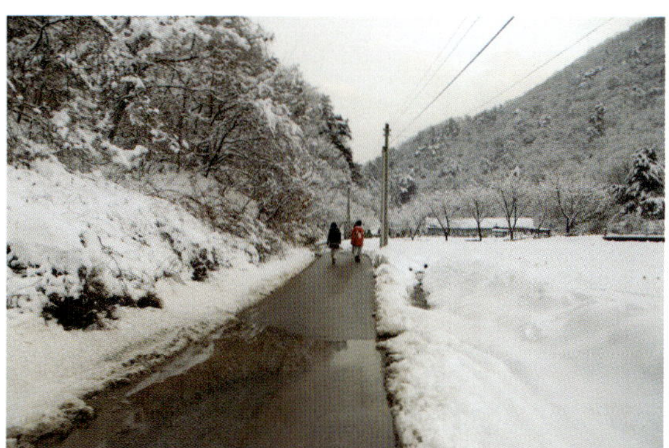

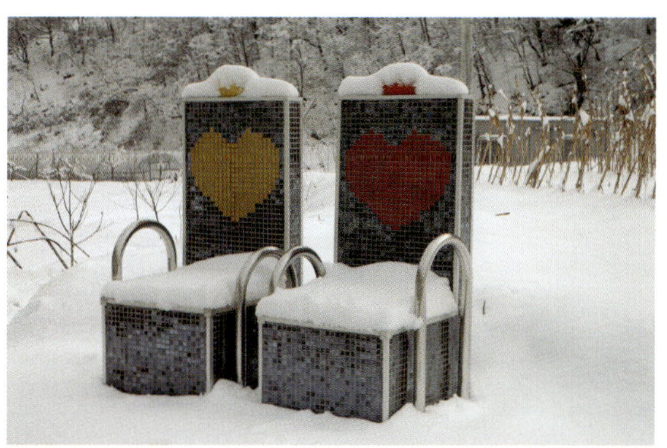
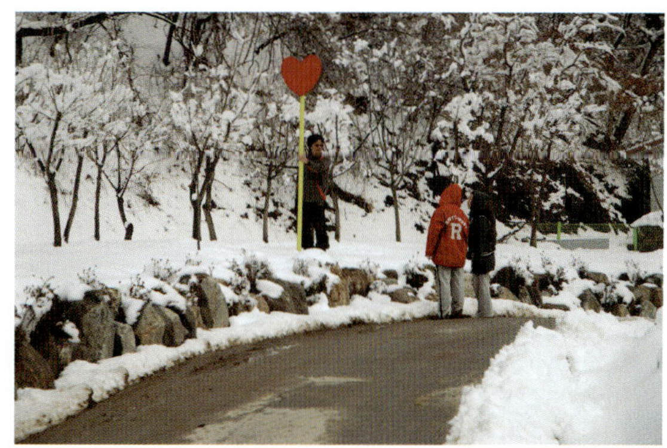

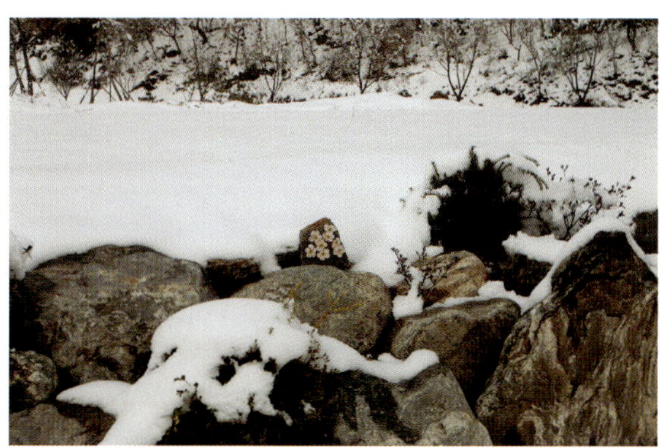
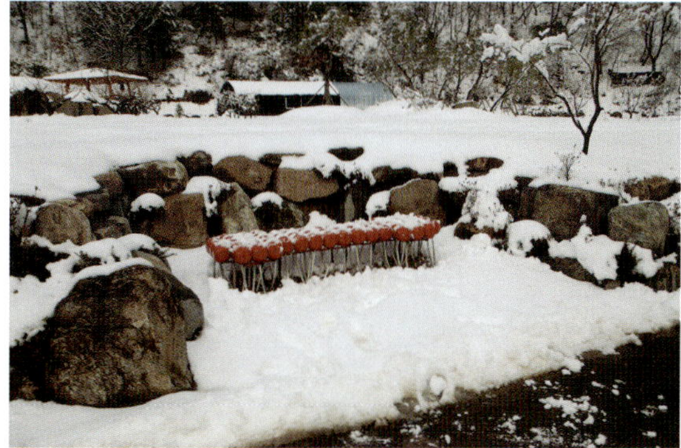

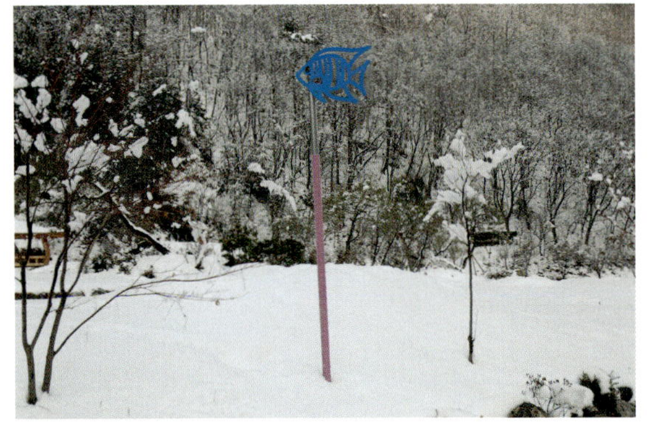
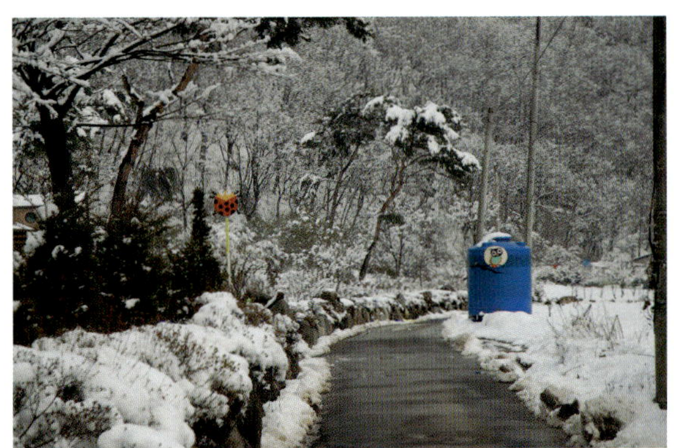
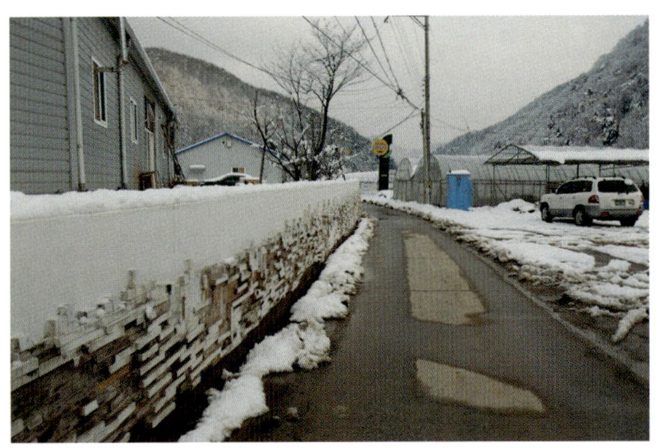
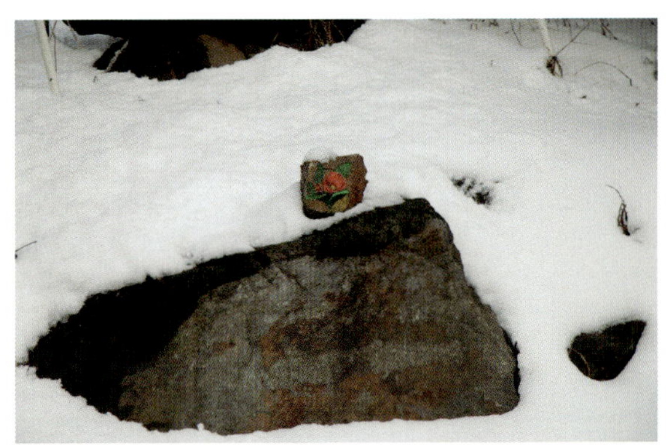
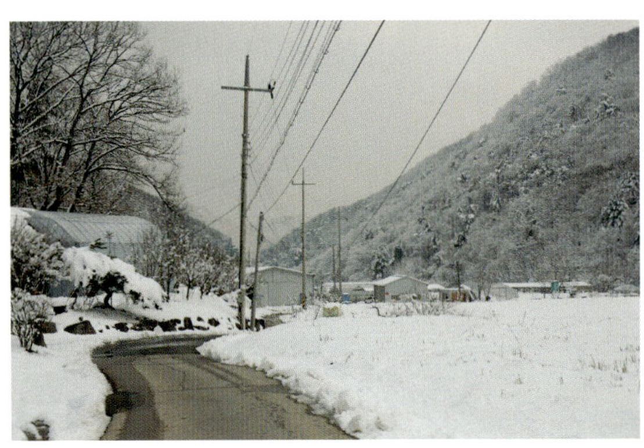
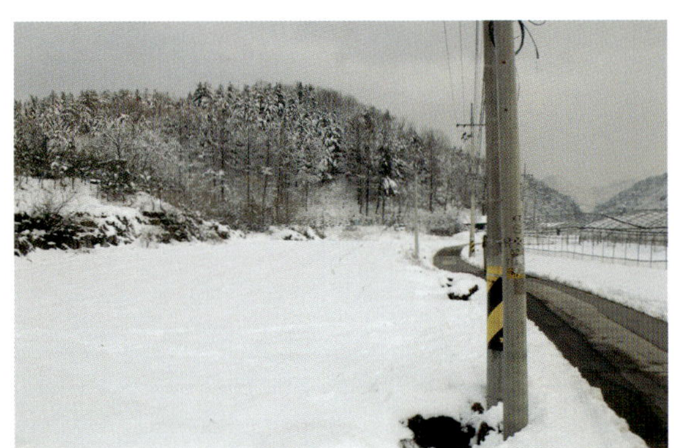

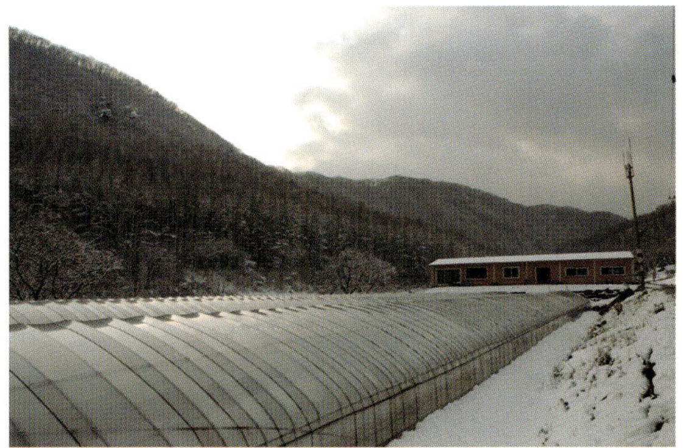 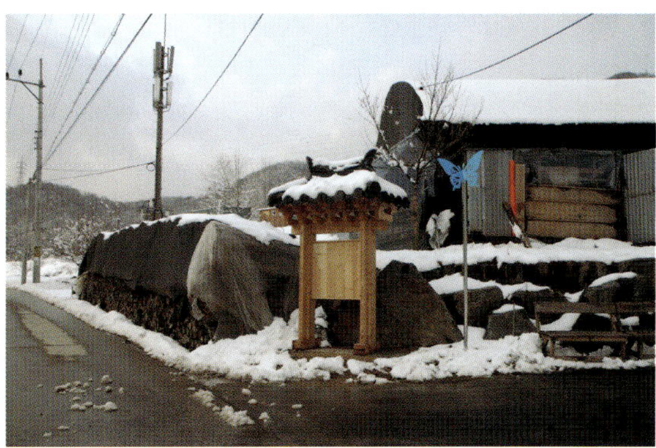

CB1

커뮤니티 비즈니스, Community Business-2010

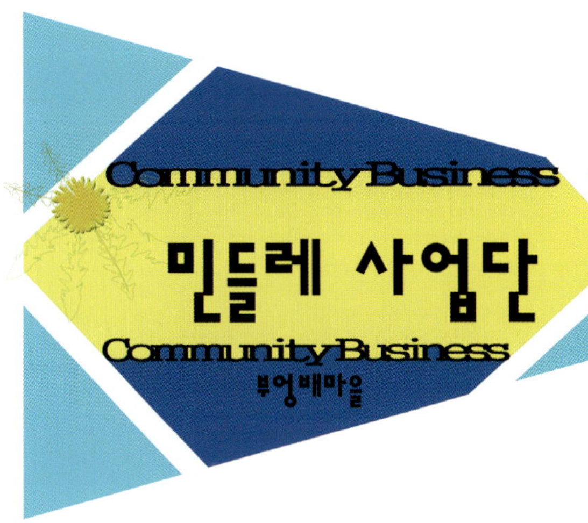

커·뮤·니·티·비·즈·니·스-2010

2009년에 실행된 마을미술 프로젝트의 결과는 작품의 설치보다 마을 주민들의 왕성한 소통의 진행이 더 큰 성과라고 볼 수 있겠다. 소통의 내용은 마을 공동체의 삶과 미래에 대한 전망이 그 주류를 이루었다.

미술프로젝트에 마을 주민이 참여하였다고 하나 주도적이라고 볼 수는 없었다. 따라서 마을 주민이 주도적으로 참여하고 수행할 수 있는 마을 프로젝트의 대안 제시가 필요하게 되었다. 마을 프로젝트 계획은 관공서에서 모든 것을 조정하는 것이 아니라 주민 스스로가 재원을 마련하고 출구를 만들며 마을의 자립경제를 이루고 사라진 공동체를 복원하는데 그 중점을 둔다. 즉 지역 주민이 지역의 자산을 이용해 '지역순환형 경제구조'를 만드는 커뮤니티 비즈니스(Community Business)를 도입하고 마을의 모든 일들을 마을 주민들이 스스로 풀어나가는 공동체 운동을 벌여나가는 것이다.

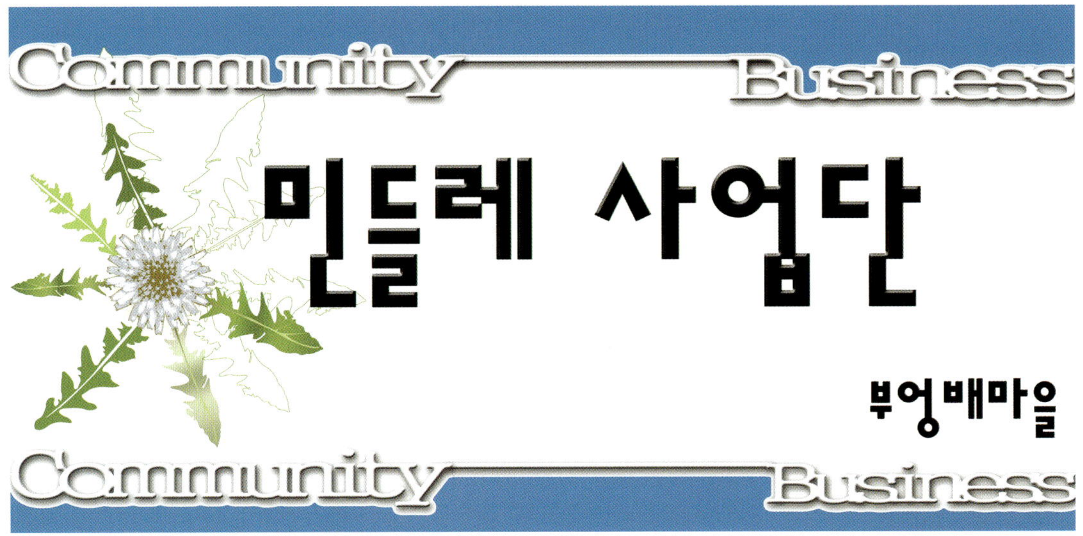

지·속·성

커뮤니티 비즈니스의 가장 큰 관건은 지속성이다. 즉 조직을 이끄는 리더뿐만 아니라 임원 및 마을 주민들의 끈기와 지속성에 대한 믿음이 필요한 것이다. 사업의 내용은 실패하거나 또는 성공하거나인데, 모든 사업이 그렇듯 성공만을 보장하지는 않는다. 애초 사업을 시작할 때의 의도와 초심을 지속적으로 점검해나가야 한다. 초심은 사업의 큰 줄기로 왜 공동체가 형성되었고, 왜 커뮤니티 비즈니스가 마을에서 시작되었는가 하는 동기이다. 즉 초심은 소외에 대한 적극적 대안의 표현인 것이다. 따라서 발의된 공동체가 소외 문제와 지역 문제를 적극적으로 해결해야겠다는 대의를 잊어버리는 순간 공동체는 붕괴를 가져올 수밖에 없다. 그러면 대의를 잊어버릴 때는 언제인가? 소통 부재의 함정에 빠져버릴 때, 지역을 기반으로 사고하지 않고 지역 정체성에 대한 믿음이 부족할 때 대의는 사라지게 된다.

커뮤니티 비즈니스 조직의 리더는 일반 사기업과 달리 사업의 이익뿐만 아니라 도덕적 가치관 또한 지녀야 한다. 사업의 장소가 마을이기 때문에 공정하고 객관적이며, 도덕적인 비즈니스가 이루어 질 때에만 지속성은 유지될 수 있는 것이다.

지속성을 유지하기 위해서는 마을 사람들 모두가 접근할 수 있는 자원, 즉 스스로가 활용할 수 있는 상품의 발견이 중요하다. 마을미술 프로젝트에는 작가 집단이 마을과 공동작업을 수행해 나가는 데에서 주도적인 위치에 설 수밖에 없는 전문영역이 존재하므로 지속성을 가지는데 한계가 있다고 본다. 그러므로 지속성 있는 상품을 발견하려면 지역이 가진 생태적 환경에 주목해야만 한다.

사업성 있는 상품을 발견하기 위한 논의는 2009년 겨울 내내 지속되었다. 마을 주민들이 대부분 밭을 소유하고 있었고, 밭을 경작지로 이용해 온 경험이 있으므로 자연스레 밭 작물이 거론되었다. 여기에 밭작물을 관광자원과도 연계할 필요성이 있다고 보았다. 해바라기와 민들레가 작물 후보로 제시됐는데 결국 채소와 약 그리고 꽃까지 함께 얻을 수 있는 민들레가 최종 상품으로 결정됐다. 주민들은 온 천지에 민들레꽃으로 가득한 부엉배마을을 상상하며 즐거워했다.

민들레를 키우는 것으로 결정은 났지만 그러기 위해선 먼저 공동경작지가 필요했다. 마을 주민 서용재 님과 안종률 님이 경작지를 내놓았고 민들레에 대한 연구가 시작되었다. 연구와 파종 그리고 재배를 위해선 영농사업단이 필요했기에 2010년 8월 21일 부엉배마을 영농조합법인을 위한 '창립총회'가 개최되었다.

일·지

부엉배마을 영농사업단의 탄생 과정을 사업단의 총무인 서용재 님이 기록한 일지를 인용하자면 다음과 같다. 이 일지는 2010년 4월부터 9월까지의 기록이며 10월에는 민들레의 유통과 관련한 사업을 수행했다. 향후 민들레의 파종부터 판매까지 보다 자세한 지침서가 나오길 기대하며 일지를 간략하게 정리하여 기록하고자 한다.

[4월 3일]
- 부엉배마을 영농회를 구성하기로 하고 한 구좌당 일만 원으로 주주를 모집하기로 하였다.
  반상회의 참석자 모두 동의하였음
[4월 8일]
- '부엉배 영농회' 이름으로 은행 통장을 개설하기로 했다.
[4월 23일]
- 전남 장성에서 흰민들레를 재배하고 있는 K씨와 종묘 구입, 재배 방법 등을 논의하였다.
- 8,000주를 가지고 씨를 뿌렸는데 발아가 잘 되면 K씨가 4,000주를 사용하고 나머지 4,000주를 묘목당 3백원에 공급받기로 함. 씨앗을 구입할 수 있으면 구입하여서 직접 파종하기로 함.
- 올해 채취한 씨앗으로 씨를 뿌리는 것은 추후 논하기로 함.
- 부엉배마을 영농회 임시 임원을 6명으로 구성.
[5월 7일]
- 장성에서 씨앗 발아가 잘 안되어 흰민들레 모종을 구하기 어려움.
- 노랑민들레라도 재배하자는 다수의 의견에 따라 안종률 님 밭에 노랑민들레를 심기로 함.
- 5월 31일까지 회원모집을 마감하고 임원구성은 입금회원 중에서 재구성하기로 함.

[5월 19일]

– K씨와의 통화내용: 1차 파종은 K씨가 사용하기도 부족하며, 2차 파종은 5월말쯤 하는데
2~3주 후면 발아하여, 2주 정도면 출하가 가능하니 파종시기에 필요한 수량을 주문하기
로 함

[6월 4일]

– 반상회 후에 모임을 갖고 경과보고 후 임원을 선출하였고 6월 8일 민들레 씨앗을 파종하기
로 함

– 1차 출자금 총 7,400,000원 입금됨

[6월7일]

– 최봉영, 김윤신, 서용재 3명이 9시 15분에 모여 최봉영 님 차량을 이용하여 사능에서 민
들레 씨앗 1리터, 상토 20포, 비닐하우스 재료를 구입하였으며, 안종률 님 농지 위에 최봉
영, 김윤신, 이천주, 안종률, 서용재가 비닐하우스 작업을 함.

[6월 8일]

– 최봉영, 김윤신, 이부윤, 이천주, 안종율, 진재근 부인, 오재충 부부, 안문자, 서용재가 비
닐하우스를 마무리하고 묘판에 물을 뿌림.

[6월 17일]

– 돼지농장에서 7월12일 퇴비가 나온다고 하니 양쪽 밭에 퇴비를 살포하기로 하고 민들레사
업 현수막 2개를 제작하기로 함.

– 삼봉리 부엉배마을 영농사업 정관을 검토 수정하기로 하고 가능한 반원 모두 동참하기를
권면하여 7월 반상회 후에 전체 정기모임을 하기로 함.

– 오후에 제초작업 및 노지파종을 위해 1고랑 쟁기하였음.

[6월 24일]

– 이부윤, 최봉영, 김윤신, 오동환, 서용재가 아침 7시에 모여 노지에 1고랑 민들레 씨앗을
파종하였음.

[6월27, 28일]

- 하우스 옆에 직파를 하고, 5이랑 쟁기를 하였으며 이미 파종되어 성장하고 있는 모종들의
  성장에 관하여 논의하였음.

[6월29일]

- 이부윤, 안종률이 사능에 있는 농업교육센터에서 트랙터 운전교육을 받음.

[6월 30일]

- 2차 출자금 1,100,000원

[7월 1일]

- 이부윤, 김윤신이 4고랑에 씨앗을 직파하였음.

[7월 8일]

- 농업기술센터 이광수 팀장을 방문하여 민들레 재배방법과 농업경영에 관한 좌담회를 가졌
  음.

[7월 9일]

- 임시회의를 통해 회원 명부, 출자금 내역, 수입 지출 현황과 경과 보고.
- 돈사에서 지원하는 퇴비는 한곳에 저장 발효하여 다음에 사용하기로 함.

[7월 12일]

- 최봉영 님 돈사에서 돈분을 지원받아 민들레 사업장에 적치하고 내년에 사용하기로 함.

[7월 15일]

- 농업기술센터에서 트랙터를 임대하여 민들레, 들깨 이식할 곳에 로타리 작업을 하였음.

[7월 19일]

- 민들레 이식작업 완료.

[7월 20일~22일]

- 들깨 이식작업 시행

[7월 23일]

- 남양주 농업기술센터를 방문하여 이광수 팀장님과 함께 민들레 재배방법과 방향성을 논의
  하였고, 기술센터의 각종 시험기기 및 시험재배 등을 견학하고 민들레 씨앗과 종자 파종

포터를 기증받음.

[7월 30일]

- 민들레 밭의 잡초제거와 관련한 임원회의를 소집하여 전 회원이 8월 2일 아침 6시에 모여
  공동작업을 하기로 결의함.

[7월 31일]

- 능내리 연꽃축제에 참여함.

[8월1일~9일]

- 민들레밭에 많은 회원들이 협력하여 제초작업을 하였고, 외부 인력을 동원하여 제초작업
  을 완료.

[8월 12일]

- 민들레밭에 유기질 비료 살포.

[8월 16일]

- 들깨밭에 복합비료 및 요소비료 살포

[8월 17일]

- 임원회의를 소집하여 부엉배마을 영농조합법인 정관 초안을 작성하고 수정 보완함.

[8월 20일]

- 3차 출자금 현황 3,900,000원

[8월 21일]

- 창립총회
  참석자 : 오재충, 이부윤, 안종률, 이천주, 오동환, 강명옥, 안문자, 김윤신, 이종희,
           손경자, 백안순, 배순덕, 서용재, 최동안
  전화위임 : 김인수, 김양숙, 진재근, 김준희, 김근호
- 영농조합 법인을 정관 내용과 같이 등록하기로 함

[8월 28일]

- 민들레 작업장에서 부엉배마을 영농조합법인 등록에 관련된 조합원 서명을 받음

[8월 31일]

- 민들레 밭과 들깨 밭의 밭매기 작업 시행

- 8월 21일 창립총회에서 통과한 정관을 수정, 변경하고 창립총회일을 9월 2일로 하기로
  함.

- 참석자 : 오재충, 이부윤, 안종률, 이천주, 오동환, 강명옥, 안문자, 김윤신, 이종희,
  손경자, 백안순, 배순덕, 서용재, 최동안, 김인수, 김양숙, 진재근, 김준희,
  김근호,박영엽, 박현자, 김용태, 이명옥, 이명화, 박수정, 최동안

- 전화위임 : 김양숙, 말선

[9월 2일]

- 창립총회 4차 출자금 3,400,000원

[9월 7일]

- 부잉배마을 영농조합법인 등록신칭

[9월 9일]

- 부엉배마을 영농조합법인 등록완료

- 농업기술센터 산하 그린농업대학 주관 "세계의 도시농업과 유기농업–요시다 타로"의 특
  강에 참여.

[9월 10일]

- 법인통장 개설 및 명함 초안 작업.

[9월 12일]

- 임원회의 : 법인사무실 설치에 관한 토의.

[9월 15일]

- 농업기술센터 이광수 팀장의 주선으로 차미혜 생활지원팀장을 만나 민들레관련 상품 설명
  을 경청하고, 9월 24일 민들레즙 생산 실험을 하기로 함.

[9월 16일]

- 민들레 첫 수확.

- 김윤신 총무의 개인 건조기를 이용하여 민들레 건조 시작.

[9월 17일]

- 민들레 씨앗을 오동환 밭에 직파.

[9월 18일]

- 제초작업 후 마석 우리장터 축제 참여.

[9월 24일]

- 민들레 농축 즙 첫 생산.

- 농업기술센터의 실험기를 이용 150봉을 생산.

- 차미혜 팀장으로부터 저장음식에 관한 교육을 받음.

[9월 26일]

- 2차 민들레 수확

[9월 27일]

- 농업기술센터에서 2차 실험생산.

[9월 29일~30일]

- 고합 중탕기 구매를 위한 시장조사(중앙시장, 경동시장).

- 3차 민들레 수확

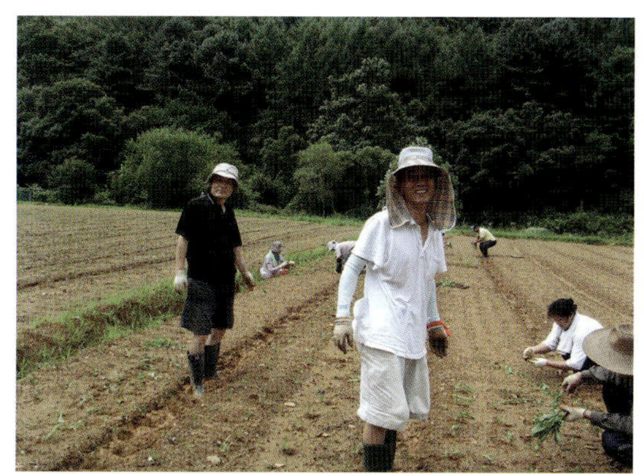

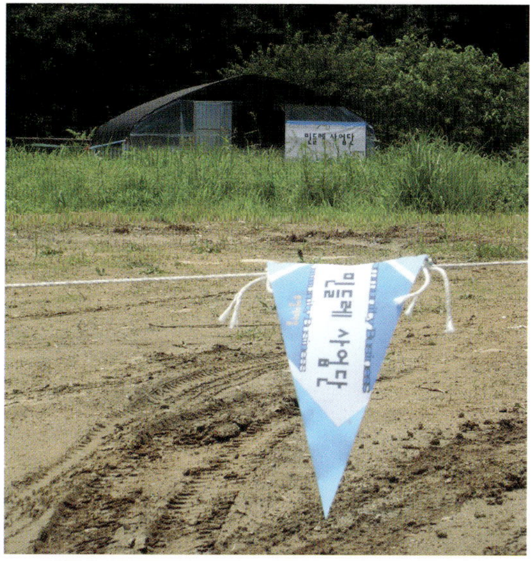

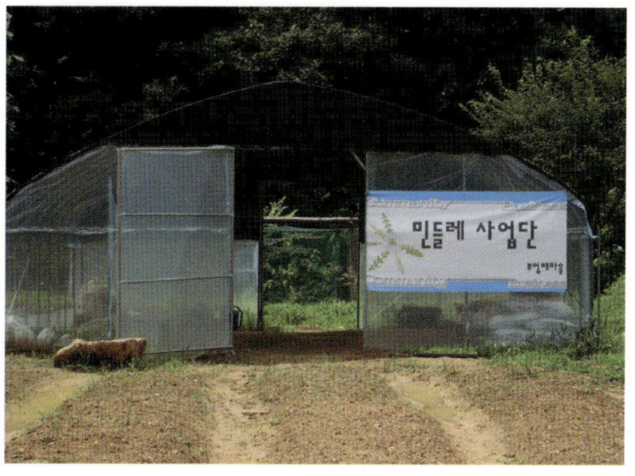

부엉배마을 영농사업단 대표이사이며, 카페 http://cafe.daum.net/boouingbe의 카페지기인 이부윤 님이 카페에 올린 글을 인용하여 부엉배마을과 영농사업단의 진행 과정을 다음과 같이 기록한다.

부·엉·배·마·을·의·유·래

2010. 2. 12. 08:27

부엉배마을은 먼 옛날부터 오늘에 이르기까지 마을 입구의 가파른 바위동굴에 부엉이가 살고 있어 붙여진 골짜기 이름으로 주민들에게 부엉배, 봉배, 배 등으로 불려오다가 2009년 3월 18일 주민회의를 소집하여 조안면 삼봉1리를 통과하는 45번국도 북쪽에 있는 "안말", "고개 넘어" 등의 마을과 통합하여 행정상 조안면 삼봉1리 2반으로 편성됨에 따라 그동안 여러 가지 애칭으로 불려왔던 마을 이름도 부엉배마을로 통일하여 부르게 되었다.

또한 부엉배마을은 2009년 7월 10일부터 약 5개월간 지역 미술인들이 "길섶미술로 꾸미기" 사업을 통해 우체통 솟대 등 미술작품을 설치하므로 서울 근교에서는 보기 드물게 아름다운 오솔길 마을로 조성되어 있다. 지금도 부엉바위에는 부엉이가 살고 있으며 마을에서 하루를 머물게 되면 아침, 저녁으로 한두 차례 부엉이 울음소리를 들을 수 있다.

2010. 2. 17. 13:59

지금은 농지정리가 잘 되어 넓은 평야에 트랙터로 벼농사를 짓지만 옛날 우리 어린시절엔 농지가 모자라 산 계곡을 개간하여 누렁소와 쟁기를 이용하여 농사를 짓는 천수답이란 논이 있었습니다.

개울물이 졸졸 흐르는 산골짜기에 한 계단 두 계단 돌로 둑을 쌓아 논을 만들어 봄철 떡갈나무 잎 등으로 부엽토를 만들어 퇴비를 하고 비가 오면 빗물을 가두어 벼농사를 짓는 천수답에서는 가을엔 황금빛 벼들이 출렁이며 기름이 졸졸 흐르는 쌀을 수확하곤 했습니다. 그런 논을 숫자로 나타내는 단위가 논 한 배미 두 배미 하는 배미입니다.

이러한 단위인 배미와 부엉이라는 새 이름을 합하여 "부엉배미"라는 지명이 북한강 서안 45번 국도 인근 바위산을 지나면 자리하고 있습니다.

언제부터인지 그곳에는 부엉이가 살고 있었으며 지금도 초저녁이면 어김없이 부~엉 부~엉 하고 부엉이가 울고 있답니다.

서울에서 전철로 운길산역까지 1시간 남짓 걸리는 이곳에 부엉이가 살고 있다는 것이 너무 신기하지 않으세요?

또한 여름철이면 반딧불이가 날아다니고 고라니, 꿩, 다람쥐, 솔개가 다니는 그야말로 청정지역이기도 한 곳입니다.

인간은 물질세계의 풍요로움도 필요하지만 정신세계 또한 풍요로워야 합니다.

인간의 뇌세포를 보면 여러 가지 단백질이 정신세계와 연결되는 물질로 이 단백질의 유리는 외부 환경이 좋지 않으면 잘 흐르지 않는다는 사실만 보더라도 외부 환경과 정신세계가 얼마나 많은 연관성을 가지고 있는지를 알 수 있습니다.

처음 아파트에 살다가 산골에 와서 산다는 것이 외롭고 쓸쓸 했습니다만 지금은 아파트에 가면 하루도 힘들어 있을 수 없는 것은 왜일까요?

부엉배마을에 온지 벌써 1년.

요즈음 같은 겨울이면 마을 사람들과 낮에는 산행을, 밤에는 온돌방에 옹기종기 모여 앉아 밤이 새도록 이야기꽃을 피우다 보면 행복이란 이런 것이구나 하고 느끼기도 합니다.

한 달에 한 번씩 반상회를 열어 마을사람 모두가 모여 한 달 동안 못다한 이야기를 나누다보면 부엉배미 마을의 분위기 또한 청정지역 못지않습니다.

그림을 그리는 화가, 음악을 하는 성악가, 조각을 하는 조각가, 한옥을 건축하는 대목, 철학을 하는 철학자, 도예 작가 등등.

자연과 함께 살아가는 각양각색의 전문가들이 모여 사는 부엉배마을은 봄이 오면 꽃을 심고 나무를 가꾸며 맑은 개울물을 흐르게 하여 삶에 찌든 도시인들을 위하여 준비하고 있답니다.

구·봉·산

2010. 2. 18. 16:42

구봉산 아래 산채에는 주위가 온통 잣나무 숲이다.

5백5십년을 산다는 잣나무는 러시아 작가 블라지미르 메그레의 "아나스타시아" 시리즈에 따르면 우주의 에너지를 저장해 두었다가 필요로 하는 인간에게 나누어 준단다.

또한 살균작용을 하는 피톤치드(phytoncide)라는 물질도 방사한다.

언젠가 친한 친구에게 연락이 왔다

강남 모 호텔에서 조찬 기도회에 참석하지 않겠느냐는 전갈이다.

새벽에 일어나 버스와 전철을 갈아타며 도착한 호텔에 친구가 기다리고 있었다.

신앙이 깊은 친구는 늘 나를 교회로 나올 것을 전도하곤 했지만 아직 성과가 없는 실정이다.

그러나 언제나 초청을 하면 새벽같이 달려가는 이유는 무엇일까?

기도회가 시작되고 목사님의 설교가 시작되었다.

사람은 아침에 잠에서 깨어나면 세 가지를 깨워야 한다는 설교다.

제일 먼저 수면 동안 움직이지 못한 육체를 깨워야 한단다.

부드러운 운동으로 가볍게 온몸을 풀고 일상생활에 적응할 수 있는 환경을 만들어야 한단다.

두 번째는 마음을 깨워야 한단다.

하루를 살아가면서 상대방을 사랑할 수 있는 마음을 깨우기 위해 명상을 하며 마음을 다스려야 한단다.

세 번째로 마지막 영혼을 깨우란다.

영혼을 깨운다는 것을 어떻게 받아들여야 하는지?

나는 아침에 일어나 구봉산 아래 잣나무 숲에서 육체와 마음을 깨우며 영혼을 깨우기 위해 하

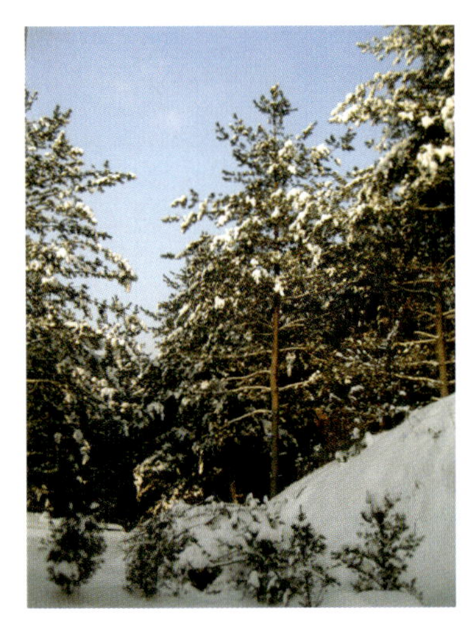

루를 시작한다.

인간의 뇌는 무게가 1.4킬로그램에 신문지 한 장 크기에 무수한 뇌세포로 형성 되어 있단다.

이러한 뇌에서 필요로 하는 산소는 전체 호흡하는 산소량의 절반을 넘는다.

충분한 산소공급은 뇌세포의 활동을 극대화시키고 신경전달물질인 단백질 유리가 원활하게 이루어지게 한다.

신경전달물질인 단백질은 정신세계와 통하는 물질이다.

이 정신세계와 연결되는 영혼은 과연 무엇과 연결되어 있을까?

현재 양자물리학에서 물질세계와 전생세계를 연결할 것으로 추측하는 양자는 에너지로 형성되어 있다는 연구결과다.

그렇다면 잣나무의 에너지는 인간의 뇌 활동에 신경전달물질을 원활하게 유리시키기 위하여 피톤치드 등 다양한 에너지를 발산하지 않을까?

영혼으로 연결하는 길을 잣나무 숲에서 찾을 수 있지 않을까 하는 어리석은 생각도 해본다.

구봉산 아래 산채는 영혼으로 연결되는 길을 안내하는 잣나무 숲이 있어 늘 거기에 있기를 나는 좋아한다.

부·엉·배·마·을·안·내

2010. 3. 6. 20:45

서울 용산역에서 용문까지 운행하는 전철을 타고 청량리, 구리를 지나 강 건너 미사리 강변을 바라보면서 한강 줄기를 따라 팔당 터널을 지나 용산역에서 약 한시간 거리에 운길산역이 나타난다. 평소에도 등산객들이 붐비는 운길산역은 개통된 지 얼마 안 되어 깔끔하게 단장된 새 전철역이다.

북한강변에 위치한 운길산역은 구름이 머물다 간다는 운길산 8부능선 산기슭에 보일 듯 말 듯 수종사가 보이며 북한강 서안 45번 국도와 유유히 흐르는 북한강이 한눈에 나타난다.

운길산역 인근은 주필 거미박물관과 역 앞 마을에 오래전부터 장어구이집들이 몇 집 정도 있는 조그마한 마을이었지만 지금은 전철역이 개통되면서 많은 식당들이 새로 개업을 하고 주말이면 팔당역과 예봉산을 거쳐 운길산을 돌아오는 등산객들과 나들이객들이 꽤나 붐비는 먹을거리가 있는 시골역이다.

다산 정약용 묘소에서 대성리 구간을 30분에 한 대씩 다니는 56번 마을버스를 타고 약 5분 정도 북한강 서안을 따라 달리다 보면 도로 좌측에 인가가 드문 마을 입구에 부엉이 동상이 나타난다.

마을이 있을까 의심스러울 정도로 한가한 시골길에 산과 산이 마주쳐 만나는 골짜기 입구 논길 옆 부엉이 솟대가 방문객을 반겨 맞이한다.

솟대를 지나 우측 산기슭 양지바른 한적한 곳에 부엉이 우체통과 아트벤치 하나가 길섶에 자리하고 있다.

삶에 지치고 힘든 사람들이 찾아와 마음의 고향에 편지도 부치고 벤치에 앉아 쉬어갈 수 있는 길섶 휴식처이다.

부엉배마을로 보내는 편지가 이곳에 도착하면 마을 주민들이 받아볼 수 있는 우체통이 있다.

이 우체통이 있는 뒷산이 수도권에서 유일하게 부엉이가 살고 있는 수리부엉이 서식지다. 깊은 산속에나 사는 부엉이가 서울 근교에 서식한다는 것은 흔한 일이 아니다.

부엉이 우체통을 지나 마을 입구에 들어서면 길 좌측에 현승정이라는 정자가 나타난다. 현승정 정자 안쪽에는 마을 사람들의 초상화가 나란히 걸려있다.

이곳에 정을 둔 화가 한 분의 작품이다. 마을 사람들의 모습이 행복하기만 하다.

현승정 좌측 산기슭을 따라 흐르는 실개천은 윗마을 재재기마을에서부터 이곳 현승정을 지나서 북한강에 들어선다.

부엉배마을은 안골까지 합하여 봉배마을이라 한다.

북한강 기슭에서 바라보면 봉우리 세 개가 보이기도 하고 아홉 개가 보이기도 하여 행정명은 삼봉리이고 마을 사람들은 구봉마을이라고도 한다.

강변에 위치한 마을은 삼봉1리 1반이고 봉배마을은 2반이다.

부엉이가 살고 있는 부엉배마을 입구에 있는 이 현승정이 마을을 찾아오는 손님들의 휴식처이기도 하다.

현승정에 앉아 앞산을 바라보면 바위산 절벽이 바라다보인다.

이곳에 먼 옛날 언제부터인가 수리부엉이가 살고 있다.

마을 사람들은 이 마을을 부엉이라는 새 이름과 논과 밭을 헤아릴 때 사용하는 한 배미 두 배미 하는 단위를 합하여 봉배골이라 불러왔다.

지도 지명에 부엉배라고 나타나는 곳이 이곳 부엉배마을을 가리키는 곳이다.

부엉이가 살고 있는 산 밑에 하얀 대리석으로 부엉이 상이 서 있다. 이곳에서 한 해에 한 번씩 부엉배 축제가 열린다.

부엉배마을 극단 "묘두웅"의 공연은 수준급이다.

부엉이 상 바로 옆 마을을 안내하는 게시판에는 마을 행사 게시물과 마을 사람들의 소식들이 붙여진다. 여기서부터 약 1킬로미터 마을길은 좌우로 아트벤치 솟대들이 중간 중간 설치되어 있고 마을에 살고 있는 예술인들이 길 옆 돌에 꽃그림을 그리고 전원주택 담장에 조각을 설치 하여 마을을 찾는 손님들이 자연과 함께 예술품을 감상하는 마을 갤러리이기도 하다.

한가한 시골길은 봄이면 꽃길, 여름이면 주말농장 실습장, 가을이면 알밤이 산기슭 가득 뒹구 는 한적한 마을이지만 마을사람들이 옹기종기 모여 사는 정겨운 시골마을이다.

금년 봄에는 마을을 상징하는 나무인 보리수나무가 마을길에 300여주 심어진다.

마을을 찾아오는 손님들이 길섶 미술품을 감상하며 열매도 따먹을 수 있게 마을 사람들이 결 정하여 심는 나무이다.

지금도 저녁 5시 반이면 어김없이 부엉이가 우는 부엉배마을. 햇살 좋은 날 가족동반하고 나 들이 오셔서 민들레 차 한 잔 나누어 보세요.

3·월·의·반·상·회

2010. 3. 6. 12:08

어제 저녁은 연대 행정인의 밤 행사 참가 관계로 부천에 있었다.

부엉배마을로 가기 위해 아침 일찍 준비하고 전철을 타고 운길산역에 도착하여 마을버스를 기다리는데 승용차 한 대가 멈추더니 누군가 나를 부른다.

부엉배마을 오 사장님이다. 어디를 가도 마을 사람들을 배려해주는 오 사장님 !

반가운 마음으로 함께 차를 타고 편안하게 마을에 도착했다.

봄기운이 도는 마을길은 봄단장을 하기 위해 기다리고 있는 것 같았다.

오늘 반상회에서 마을 나무 수종과 나무심기 일정을 결정하는 날이다.

남양주시에서 많이 협조해 주어서 (특히 도시 디자인과 이 팀장님의 노력이 많았다. 진심으로 감사드린다) 앞으로 마을 가꾸기 사업이 순조롭게 진행될 것 같다.

부지런히 집 주위를 정리하고 나니 벌써 저녁 6시가 넘었다.

텃밭에는 가을에 뿌린 시금치가 파릇파릇 싹이 돋아나고 있다.

해가 많이 길어진 것 같다. 겨울이면 이 시간대는 벌써 어두워지는데 개구리 울음소리가 마을을 가득 채운다.

조금 늦게 도착한 반장님 댁에는 벌써 많은 분들이 와 있었다.

반갑게 반겨주는 마을사람들! 언제나 정겨운 모습이다.

다과와 막걸리가 나와 있었다.

향기가 향긋한 한라봉은 마을 서 장로님이 반상회에 참석하는 마을 사람들을 위하여 제주도에서 공수해 오셨단다.

맛나게 다과를 즐기며 오순도순 이야기꽃은 밤이 늦도록 이어지고 모두 돌아간 그 자리에 반장님과 그동안 만나지 못한 회포도 풀 겸 바둑 대국이 없을 수 없다.

부엉이가 부엉 부엉 우는 부엉배마을의 밤은 오늘도 깊어만 간다.

마·을·반·장·님·이·찍·은·부·엉·배·마·을·춘·설

2010. 4. 8. 15:51

어제는 강남에서 약속이 있어 서울행을 기다렸지만 시간이 많아 반장 댁을 방문했다

그동안 궁금한 소식도 들을 겸 겸사겸사 방문하여 컴퓨터를 켜 두고 이용법 등을 서로 이야기

하며 그동안 올리지 못한 사진도 찾아 올리고 유익한 방문이었다. 하루 부엉배마을을 비워두

고 아파트에서 글을 올린다. 춘설의 부엉배마을 전경을 올리면 이제 다음에 봄 전경을 아름답

게 올려야 할 것 같다. 봄소식이 완연한 부엉배마을에 빨리 가서 봄맞이 준비도 해야 한다.

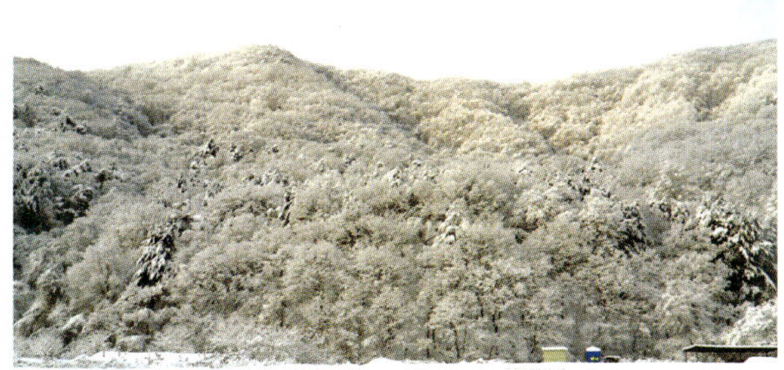
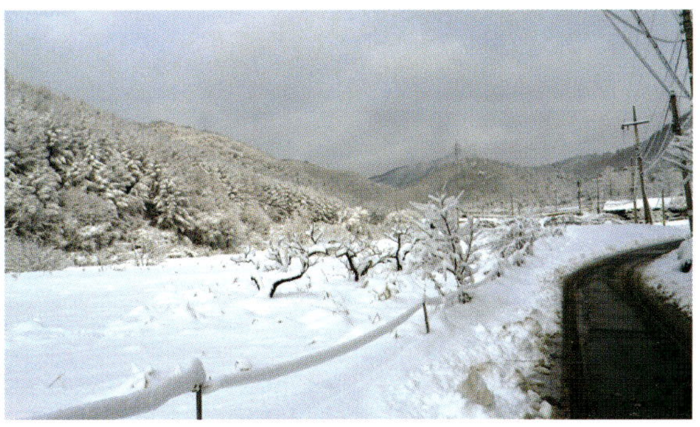

2010. 4. 25. 22:03

사람들은 어떤 일의 과정보다 결과를 중요시한다.

그 결과라는 것이 짧은 시간 안에 이루어진 것처럼 말이다.

아직은 부엉배마을도 수도권 인근 전원마을과 별반 다름없는 마을일 뿐이다.

많은 사람들에게 알려진 것도 아니고 그렇다고 마을에 들어서면 무엇인가 아주 특별한 트렌드를 발견하는 것도 아니니 말이다.

그러나 보이지 않은 곳에서 많은 변화가 일어나고 있다는 사실은 잘 나타나지 않고 있다.

새로운 반을 구성한다는 것 자체가 큰 변화이며 그 후 무엇인가 해야 한다는 사명감을 가져다 준 것이 또 하나의 변화이다.

어떤 일을 할 때 표면에 나타나서 하는 일은 바로 평가 대상이 되지만 결과를 짐작할 수는 있지만 보이지 않은 일의 진행은 당장 평가할 수도 없으며 결과 역시 알 수가 없다.

우리는 보이지 않은 저 깊은 곳에서 많은 일이 이루어지고 있다는 것을 알고 있다.

그것이 마을을 사랑하는 관심이다.

마을 사람들이 아무리 좋은 계획을 세우고 일을 열심히 해도 그 일에 꾸준하고 변함없는 관심이 없다면 그 계획은 용두사미가 된다.

마을을 사랑하는 저마다의 관심은 한 사람 한 사람 모여 큰 목표를 성취한다.

한 달에 한 번 마을 대청소를 하는 것도, 매달 반상회에 참석하여 서로의 의견을 들어보고 토론하며 관심을 두는 것도 바로 그런 것들이다.

부엉이가 함께 살아가는 우리 부엉배마을이 수도권에서 전국으로 더 나아가 세계적으로 알려지는 마을이 될 것을 비전보드에 담고 서로 관심 있는 만남이 이루어진다면 머지않아 그 목적은 틀림없이 달성될 것을 의심하지 않는다.

비·젼·보·드·속·의·부·엉·배·축·제

2010. 5. 1. 22:59

장마가 끝나고 여름휴가가 본격적으로 시작되는 7월 말 어느 날 북한강변 45번국도 옆 부엉배 마을 입구 넓은 주차장에는 연거푸 도착하는 셔틀버스에 운길산 전철역에서 타고 온 축제 관람객들로 붐빈다.

마을 입구 "설" 갤러리에서부터 붐비는 축제 관람객들이 부엉천 구름다리를 지나 부엉이솟대가 안내하는 부엉배마을 부엉이 우체통 근처에 토착하면 부엉배 마을미술 작가들이 설치한 아트벤치에서 기념촬영을 하면서 축제 분위기가 시작된다.

한바탕 사진을 촬영한 관람객들은 부엉배마을 "현승정" 정자에서 마을 행사 안내자가 안내하는 부엉이 서식지를 관람하며 부엉이가 살고 있는 부엉이 집 아래 마을 게시판에서 행사 스케줄을 보면서 마을길을 따라 삼삼오오 가족이나 친구들과 1.4킬로미터 마을길에 탐스럽게 열린 시큼 달콤한 보리수나무 열매를 따 먹으면서 부엉배마을 길을 걷기 시작한다.

또한 부엉이 집 아래 "현승정" 옆 블루베리 농장에도 블루베리를 이용한 각종 음식들이 축제 객들을 유혹한다.

부엉이 집 아래 마을 게시판에 오후 7시경 극단 "묘두웅"에서 부엉배축제 공연이 있단다.

그때까지 시간이 남아 삼삼오오 짝을 지어 마을길을 걷는다.

부엉이가 살고 있는 산 아래 마을길을 따라 조금 걷다 보면 아늑하고 조경이 잘 꾸며진 전원주택 정원에는 가족끼리 옹기종기 모여 앉아 죽여주는 동치미국수 등 향토음식을 즐기느라고 여념이 없다.

축제 이야기로 꽃을 피우며 앞으로 1.4킬로미터의 마을길과 응달산 아래를 감싸 돌아 북한강으로 흘러가는 청정천 봉배천에 설치된 "배순덕의 국토종단 스케치 여행" 작품에 한층 궁금증을 가진다.

특히 경기도 전역을 한눈에 볼 수 있는 작품은 경기도를 이곳 부엉배마을에 옮겨놓은 기분이다.

길을 걷다가 길옆 아트벤치에 앉아 재미나는 이야기꽃을 피우기도 하고 길섶 간이음식점에서 민들레차를 마시며 마을 정취에 푹 빠져든다.

길가 솟대 아래 설치된 태양열 FM라디오에서는 축제 음악이 흘러나오고 길을 걷는 부엉배축제 참석자들은 저마다 흥에 겨워 마을길을 걷는다.

마을 길섶을 따라 걷다보면 교회 장로님이 살고 있는 전원주택 넓은 정원에 다양한 향토음식들이 준비되어 있고 마을을 찾아온 손님들은 저렴한 음식을 마음껏 즐기며 먹는다.

어디선가 들려오는 굿거리장단에 덩실덩실 춤을 추며 찾아간 곳이 부엉배마을 반장님 댁 정원이다

정원에는 굿거리 마당놀이가 한창인 공연장 분위기가 마을 분위기를 더욱 더 고조시킨다.

바로 옆 마을 중심에 마련된 야외무대에는 극단 묘두웅 단원들이 저녁 공연을 위해 분주히 움직이고 있다.

저녁 7시 드디어 부엉배마을 부엉이산에서 부엉이가 부~엉 부~엉 하고 울기 시작한다.

부엉이 울음을 시작으로 각종 야간 행사들이 시작된다.

오색찬란한 길가 조명등은 부엉배축제 밤하늘을 물들게 하고 공연장의 분위기는 더욱더 재미를 더하는 여름밤!

부엉배마을 한옥 명장이 건축한 한옥 울타리에 조명으로 비추는 설치작품들이 이색적인 분위기를 연출하며 정원에는 국악 연습이 한창이다.

건너편 안 사장님 댁 부엉천 광장에는 "응달산" 버섯요리들이 즐비하게 관람객들을 유혹한다. 배순덕의 갤러리에서 "심촌" 선생의 작품들을 보면서 조금 더 올라가면 진 선생님의 한우요리 전문 광장이 펼쳐진다.

바로 옆 이종희 작가 갤러리에는 다양한 현대미술 작품들이 한층 마을 축제를 돋보이게 한다.

인근 산악오토바이 레이스장에는 야간 레이스가 불빛으로 장관을 이루며 최 사장님 댁 양돈장에서 공급되는 질 좋은 바비큐 내음이 온 동네에 진동한다.

마을 축제 코스인 옛골에 도착하면 다양한 산나물 요리로 입맛을 정리한 후 안골 방향으로 접어들면 각종 목공예작품들이 전시된 공방을 거쳐 "우리집" 오리 요리 음식이 마지막 먹을거리로 마무리하며 "다한 갤러리"에 설치된 야외무대에는 성악가들의 품격 있는 성악을 향긋한 차 한 잔과 함께 감상하며 마지막 갤러리인 김연순 작가 작업실에 도착한다.

옛날부터 유명한 약수터 길 숲속에는 반딧불이들이 날고 비너스동산 위의 별빛을 바라보면서 이렇게 여름밤의 부엉배마을의 축제가 깊어만 간다.

5·월·아·침·대·청·소

2010. 5. 7. 14:54

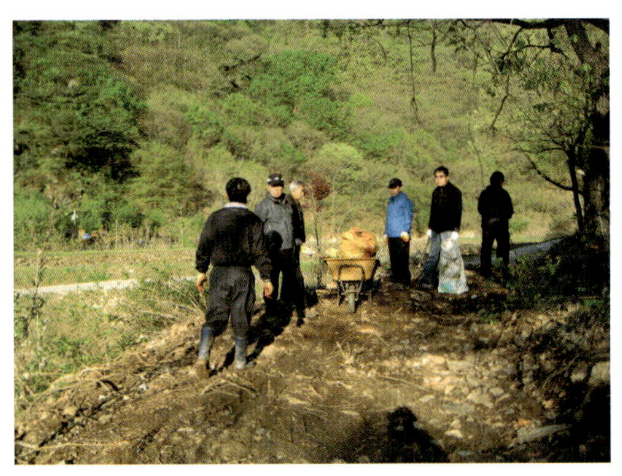

부엉배마을 아침 청소

봄! 봄이 사라졌다고 서운했는데 어제 봄비가 내리고 오늘 아침은 상쾌하다 못해 기운이 솟아나는 것 같았다.

아침 5시 반에 기상하여 준비를 하고 마을 청소에 나갈 준비를 했다.

쓰레기봉투와 집게를 가지고 약속 장소인 현승정으로 가는 길에 쓰레기를 주우면서 아침 운동치고는 너무 좋은 운동이라 생각했다.

반장님 댁을 지나 서 장로님 댁 앞에 이르니 벌써 옆집 오 사장님과 서 장로님이 텃밭에서 일을 하고 있었다.

"좋은 아침!" 서로 인사를 나누고 덕담을 주고받으며 쓰레기도 줍고 먼저 심어둔 보리수나무 전지도 하며 현승정에 이르니 아침 햇살이 부엉배마을을 더욱 반겨주었다.

그런데 웬일일까?

부엉이 집 아래 부엉이 그림이 없어졌다.

부엉이가 되어 날아간 것인가? 아니면 누가 가져간 것인가?

오늘 중으로 트위터에 공개수배를 해야 할 것 같다.

부·엉·배·마·을·영·농·단·구·성

2010. 6. 5. 09:28

2010년 6월 4일 금요일은 부엉배마을 아침 대청소 날이고 저녁엔 반상회가 있다.

매월 첫째 주 금요일은 우리 마을 주민들이 아침 일찍 일어나 마을 대청소를 하고 그날 저녁은 반상회를 한다.

아마 전국에서 이렇게 매달 아침 청소와 반상회를 개최하는 마을은 드물 것 같다.

오늘 반상회 협의사항은 마을 영농단 구성과 민들레작목반 구성이다.

5월 말까지 출자 시한을 두고 1차사업인 민들레작목반 출자 금액은 1구좌 당 일만 원이며 1구좌 이상 무제한 출자할 수 있다.

현재까지 출자한 금액은 약 2천여만원이며 목표 금액은 3천만원 선이다.

오늘 반상회가 끝나고 영농단 모임에서 그동안 임시회장을 맡아 진행해온 서용재 장로님이 회의를 진행했으며 영농단 회장을 선임하고 총무는 남자 1명 여자 1명을 두고 감사를 선출했다.

초대 회장에 이부윤, 총무에 서용재, 여성총무 김윤신, 감사에 안종율을 선출, 임명을 마쳤다.

그리고 대관 섭외 담당으로 이종희 작가님과 대외 선전 및 홍보 담당으로 김인수 교수님이 선출되었고 고문은 오재충 원로님과 마을 모든 사안을 협의하기로 했다.

영농단 1차 사업은 민들레작목반 구성이다.

안종율 감사 소유 밭과 서용재 총무 밭에 일정 규모의 면적을 지원받아 민들에 씨앗을 하우스에서 파종을 한 후 발아가 되면 노지 밭에 이식하며 수확 후 민들레즙을 생산하여 출자자 중심으로 판매할 계획이다.

이러한 사업은 사업소득이 목적이 아니라 마을사람들이 함께 어울려 공동체 의식을 도출하고 보다 살기 좋은 마을을 만들기 위함이다.

1차 사업이 잘 되면 2차, 3차 새로운 사업을 선정하여 부엉배마을이 새로운 수도권 전원마을로 발전할 수 있게 주민들이 오늘도 열심히 노력하고 있다.

민·들·레·작·목·반·이·야·기

2010. 6. 8

6월 7일 월요일! 며칠 동안 30도를 오르내리는 불볕더위가 기승을 부린다.

오늘은 아내와 아침을 외식으로 약속한 날이다.

아내 생일 전날 아침식사 준비가 힘들 것 같아 가까운 곳에서 아내가 좋아하는 음식을 먹기로 하고 부엉배마을을 나섰다.

사람은 가끔 망각이라는 좋지 않은 기능을 사용해도 좋을 것 같다. ㅎㅎ

부엉배마을 반상회 때 분명 서 장로님과 돌아오는 월요일에 민들레 작목반에서 준비해야 하는 민들레 파종용 하우스를 만들기로 약속한 것을 잊어버리고 있었으니 말이다.

6월 8일은 아내 생일, 미리 일요일 날 아들, 딸 사위가 구봉산 아래 부엉배마을에 찾아와 함께 아내의 생일 축하파티를 했지만 아내와 둘이서 조용한 곳에서 식사를 하고 싶어서 외출을 한 것까지는 좋은데 휴대폰 배터리가 나간 것을 모르고 느긋하게 외출을 하고 돌아와 보니 서 장로님에게서 전화가 왔다.

오늘 진행된 민들레 작목반 상황을 이야기한다.

여성 총무님 부부와 감사님 그리고 반장님이 하루 종일 민들레 재배용 하우스를 설치하느라

너무 수고가 많았다는 이야기를 듣고 몸 둘 바를 몰랐다.

특히 여성 총무님 부군께서 먼 길을 손수 운전하여 여러 가지 하우스 설치용 부품을 싣고 오셔서 하나하나 설치 방법도 지도해 주시고 너무 많은 배려를 해 주셨단다.

평소 조용하고 인자하신 어르신께 마음속으로 감사를 드릴 뿐이다.

내일은 아침 6시부터 마지막 재배용 하우스를 설치하고 씨앗을 모판에 파종해야 한단다.

6월 8일 아침 5시에 기상하여 아들 때문에 아파트에 가 있는 아내에게 생일 축하 메일을 보내고 부지런히 준비하여 반장님 댁으로 갔다.

구름 한 점 없는 날씨!

상쾌한 부엉배마을 아침에 부엉이 울음소리가 들린다.

통상 저녁에 부엉이 우는 소리가 들리었는데 웬일인가 오늘은 아침에 부엉이가 우는 것은 분명 민들레작목반이 잘 될 경사스런 징조다.

왜? 아침에 우는 새소리는 모두 즐거운 노래만 부르니 말이다.

하우스 설치에 경험이 많은 서 장로님과 안 사장님, 반장님, 어제 수고가 너무 많으셨던 최 사장님과 하우스 설치를 시작했다.

처음 접해보는 작업이라 나는 보조 역할을 하며 하우스 설치 방법을 지켜보았다.

모두 일찍 일어나 아침식사를 하지 못하고 온 것을 알고 서 장로님이 안 사장님에게 부탁하여 라면으로 조촐한 아침을 준비했다.

봉배천을 흐르는 개울물 소리와 상쾌한 부엉배마을 아침 공기가 라면 맛을 별미로 만들었다.

잇따라 도착한 여성 총무님, 진 선생님과 사모님, 우리집 앞 오 사장님 내외분께서 도착하셨다.

씨앗 파종에는 전문가이신 안문자 안골 농학박사님께서 손수 왕래하셔서 모판에 씨앗을 파종하는 방법을 시범을 보이시며 점심시간 전까지 봉사해 주시고 가셨다.

공교롭게도 평소 식사 배달이 되던 식당에서 점심시간은 배달이 어렵다는 전갈에 모두 점심식

사도 하지 못하고 오전 작업을 끝내고 돌아가셨다.

너무 미안한 마음 어떻게 해야 할지?

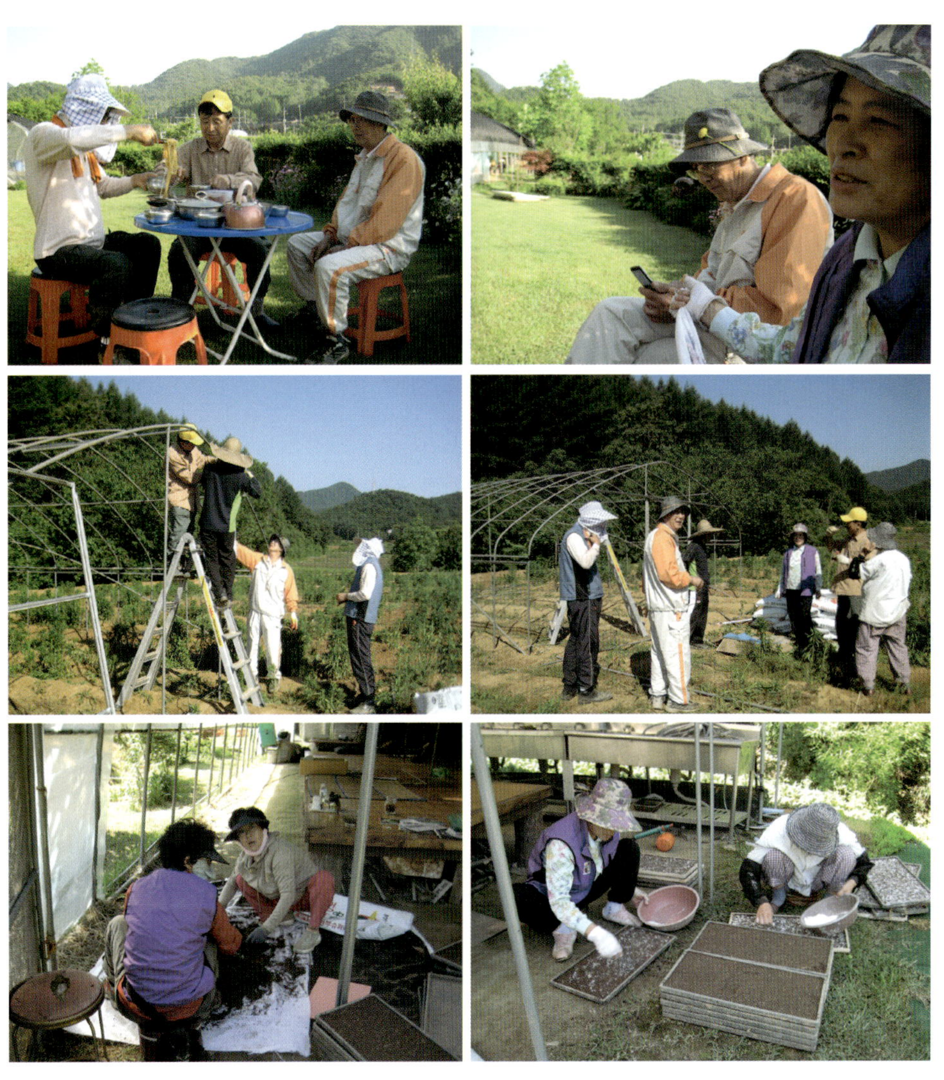

봉·사·하·는·즐·거·움

2010. 6. 10

30도를 오르내리는 초여름 날씨다.

김윤신 여성 총무님이 오늘도 하우스 작업이 걱정이 되어 부군과 함께 시원하게 냉장되었던

민들레 즙을 가지고 오셨다.

조금이라도 도와 주시려고 한참도 쉬지 않으신다.

어제 다 못한 비닐하우스를 오늘 끝내야 한다.

주말은 농장을 대여해준 안 사장님 차남 결혼식이다.

집안의 대사를 앞두고 마음이 바쁠 텐데….

익숙하지 못한 솜씨로 땀은 범벅이 되고 늦은 오후라 배도 고프고 형편이 말이 아니다.

오늘까지 일이 끝나야 하는데 마음도 바쁘다.

늦은 밤까지 일이 진행됐다.

봉배마을 밤공기는 아직 쌀쌀하다.

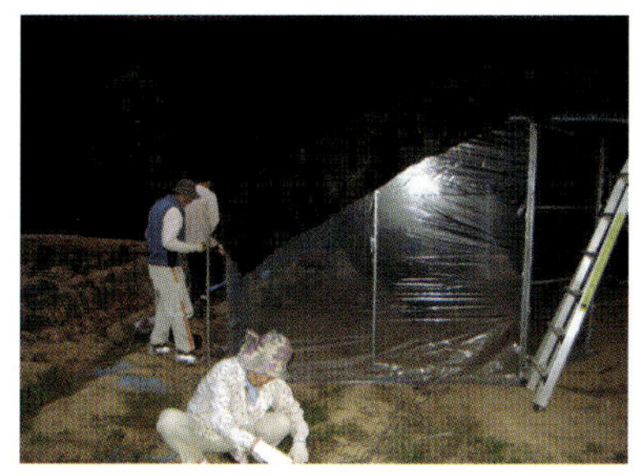 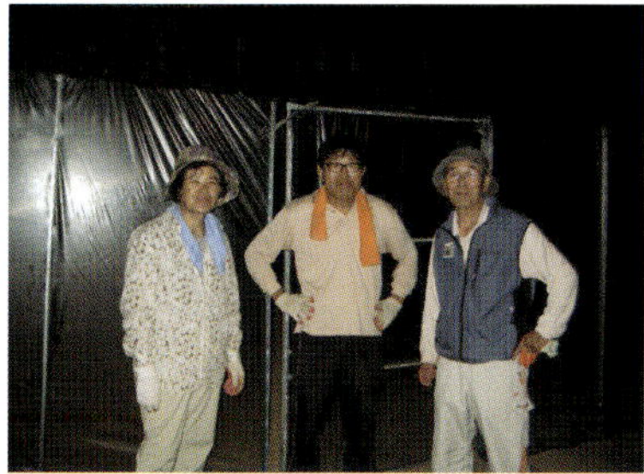 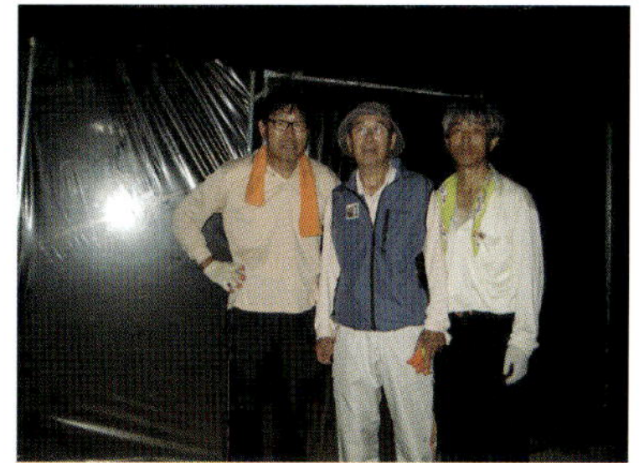

2010. 6. 10. 23:06

부엉이가 우는 부엉배마을 초여름 밤!

개구리 울음소리와 함께 나의 부엉배마을 여름밤은 꿈을 만드는 시간이다.

얼마 전 반상회에서 마을 사람들이 의견을 도출하여 마을 사람들의 결속과 행복한 삶을 위하여 만든 민들레 재배 사업!

초여름 밤 마을 사람들이 모여 꿈을 가지고 시작했다.

오래 전 외지에서 부엉배마을이 좋아 마을에 정착한 어느 부부의 외로웠던 초기 마을 정착 이야기를 들으며 왜 부엉배마을 사람들이 민들레 사업을 해야 하는지를 실감한다.

사람들은 우리를 보고 민들레 재배를 하여 얼마나 많은 수익을 올리겠냐고 손가락질을 할지 모르지만 우리는 수익이 우선이 아니라 이웃 간의 결속과 단합으로 평화롭고 행복한 마을을 만들기 위한 목적을 가지고 이 사업을 시작했다고 해도 과언이 아니라 생각한다.

마을 공동체 사업이란?

몇 가지 문제점을 짚어보고 부엉배마을 사람들이 사업 방향을 정확하게 추진해 나가야 한다.

1. 출자한 마을 사람들의 참여의식을 높여야 하지만 직접 참여하기는 어려운 실정이다. 저마다 다른 생활환경을 가지고 있으며 시간적으로 함께하기가 어렵다는 결론이다. 철저한 분석과 투자로 책임감 있는 몇 사람의 노력과 투명한 예산 집행으로 유료 노동력을 사용하여 사업을 추진해 나가야 한다고 생각한다.

2. 모든 작물의 재배도 마찬가지이지만 민들레 재배 특성상 1년에 이모작을 하며 노지재배를 한다는 것은 노동력과 재배환경의 어려움으로 사업을 성공적으로 접근하기가 어렵다고 생

각한다.

특히 노지재배일 경우 무수히 많이 돋아나는 잡초 제거는 노동력도 문제지만 생산성에도 많은 문제를 야기시킨다고 본다.

초기 투자자금은 무리이지만 시설재배를 원칙으로 하고 기반이 잡히면 마을 사람들의 시설을 이용하여 고수익을 올리는 방향으로 접근해야 하며 점차적으로 규모를 확대해 나아가야 한다고 생각한다.

3. 출자금을 그냥 놀리지 말고 민들레 재배 예정 농지에 지금 시기에 맞는 작물을 선정하여 민들레 재배 환경이 충분하고 사업이 정착될 때까지 대체작물을 심어 출자금 수익을 증대해야 한다고 생각한다.

이와 같이 초기 사업이 성공적으로 이루어진다면 점차적으로 시설투자를 늘려 고소득 사업인 민들레 사업을 전문적으로 확대해 나가고 출자자들에게 많은 배당과 관심으로 미술 프로젝트와 함께 부엉배마을이 한층 살기 좋은 마을로 변모할 것을 믿어 의심치 않는다.

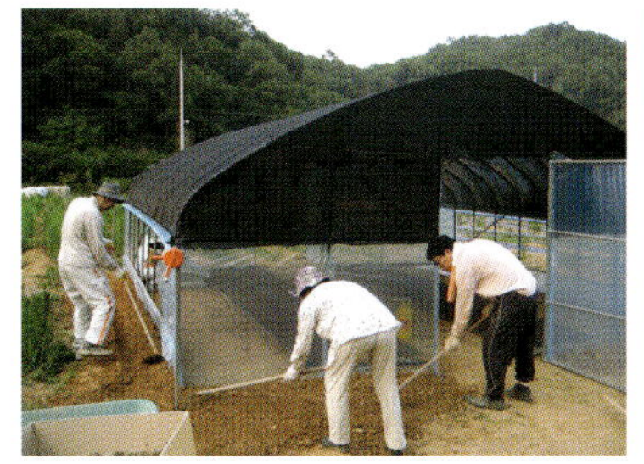

헌신적으로 봉사하신 최선생 내외분

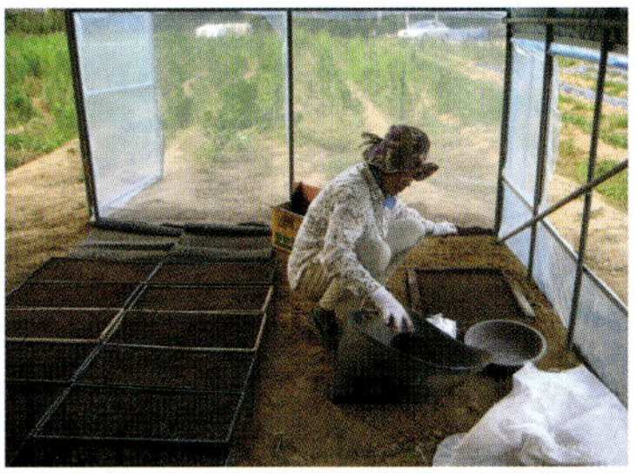

다양한 파종 실험

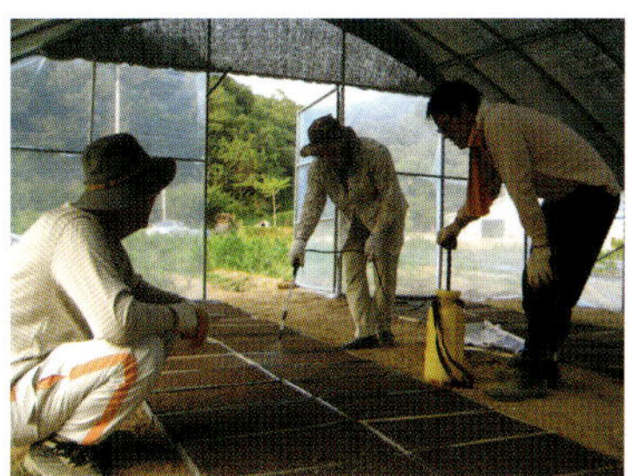

습도 유지는 생명

보·리·수·나·무·관·리

2010. 6. 11

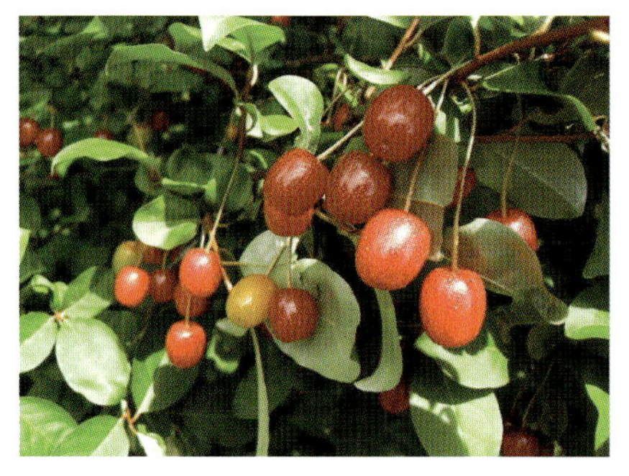

아침 6시!

보리수나무를 심어두고 아직 몇 그루는 전지를 하지 못하고 있다. 그리고 또 몇 그루는 잎이 시들고 있다.

하루에도 몇 번이고 민들레 씨앗 파종 습도를 확인해야 하는데 인력이 부족하다.

반장님과 보리수나무를 전지하고 있는데 오늘도 여성 총무님이 부군과 함께 보리수나무에 물을 주려고 트럭에 물을 가득 싣고 준비하고 계신다는 전갈을 받고 반장님이 황급히 달려갔다.

여성 총무님은 시원한 민들레 즙을 가지고 오셔서 한 봉지 주신다. 누가 시켜서 하는 일도 아닌데 언제나 관심과 봉사를 아끼지 않으시는 모습은 너무 감동적이다.

농장을 운영하시면서 누구보다 바쁠 분들인데….

우리 마을이 살기 좋은 마을로 발전하기를 간절히 바라는 마음을 나는 알고 있다.

윗마을 여약사신문 대표이사께서 자동차를 타고 지나다 인사를 나눈다.

윗마을 주민들도 함께했으면 하는 마음을 전한다.

1.4킬로미터 부엉배마을, 마을길 보리수나무에 반장님과 여성총무님 부군께서 모두 물을 주고 끝난 것이 아침 9시.

오늘도 햇살이 따갑다.

민·들·레·씨·앗·이·이·렇·게·발·아·되·면·좋·을·텐·데

2010. 6. 11. 11:18

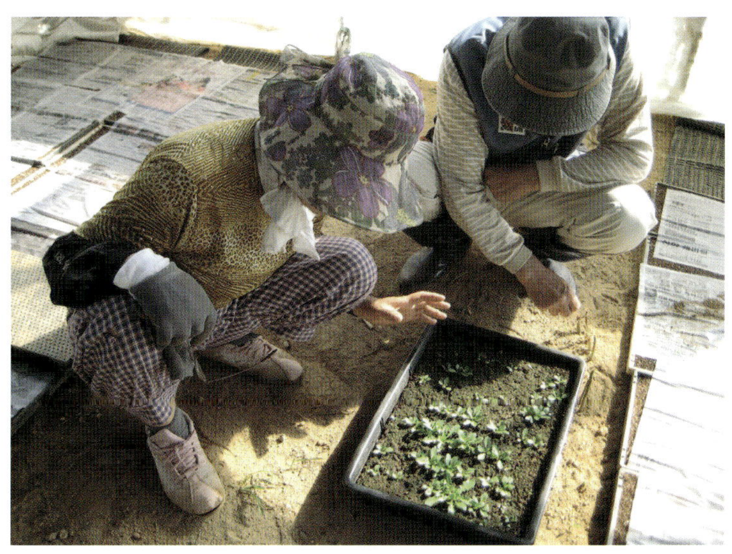

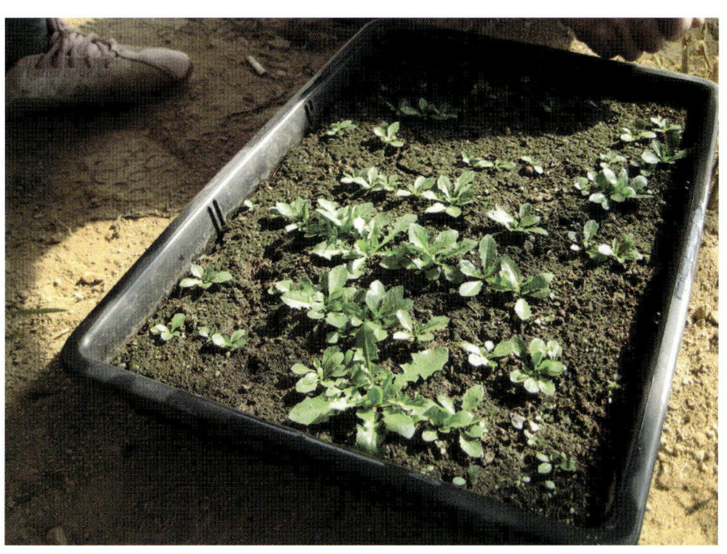

오·늘·은·기·분·좋·은·날

2010. 6. 12. 17:26

새벽부터 내리던 비는 그동안 가뭄에 그야말로 단비다.

오늘은 부엉배마을 안 사장님 댁 차남 결혼식이다.

오전 11시 예식이라 서둘러 준비하고 가야 하는데 휴대폰이 울린다.

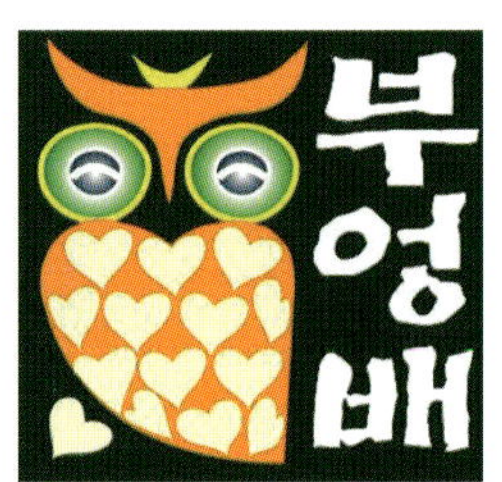

토요일까지 시간을 낼 수 없다던 서 장로님이 전화로 기쁜 소식을 전해왔다.

8일 파종한 민들레 씨가 발아하기 시작한다는 반가운 소식이다.

단비에 민들레 씨앗 발아와 민들레작목반 감사인 안 사장님 차남 결혼식까지 경사가 겹친 것이다.

예식장에서 만난 김윤신 여사에게 그동안 수고에 다시 한번 감사를 드렸다.

그동안 고생 많이 한 반장님과 서 장로님, 마을 일이라면 열정을 다하는 오 사장님도 함께 왔다.

예식을 마치고 피로연장에서 함께 식사를 하면서 민들레 사업에 대한 이야기꽃을 피웠다.

이제 발아율만 높으면 1차 성공이고 그 다음에 노지에 이식하는 단계가 남아 있다.

하지만 그 전에 주요한 문제 하나를 해결해야 한다.

민들레 프로젝트를 시작한 이유 중의 제일 중요한 부분이 부엉배마을 주민들의 화합이다.

어느 누구 하나 빠짐없이 참여하여 우리 마을이 성장하고 발전하는 데 걸림돌이 없어야 한다.

아무리 좋은 사업이라 하여도 주민 참여 없이 한다는 것은 의미가 없다.

마을 사람들이 한 사람도 빠짐 없이 참여하는 성공적인 사업을 이끌어가고 싶다.

봉·사·하·는·마·음·으·로·느·끼·는·노·동·의·즐·거·움

2010. 6. 17. 23:30

폭염주의보가 내려진 오늘, 밭에서 일을 한다는 것은 힘든 일이다.

민들레를 옮겨 심는 일정에 맞추기 위하여 강행군을 해야 하는 입장이다.

쉬는 시간에 먹는 시원한 수박 맛은 노동의 즐거움에서 오는 희열!

온통 땀으로 범벅이 된 모습은 실망스럽게 보이겠지만 부엉배마을을 위하여 봉사하는 노동을

한 사람이 느끼는 즐거움은 어디에 비하리오.

오늘도 민들레작목반 봉사를 즐거운 마음으로 끝내고 보람된 하루를 보낸다.

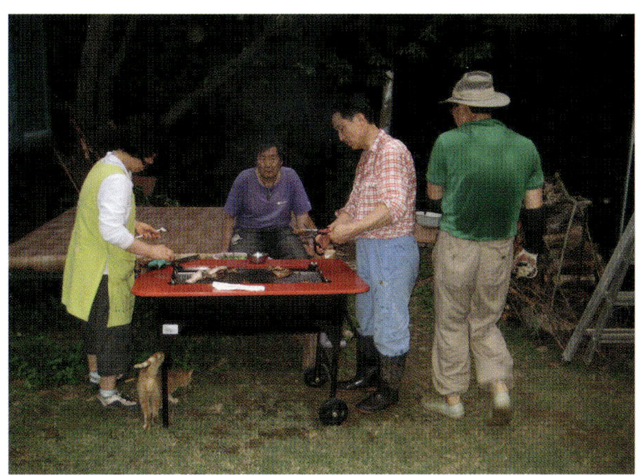 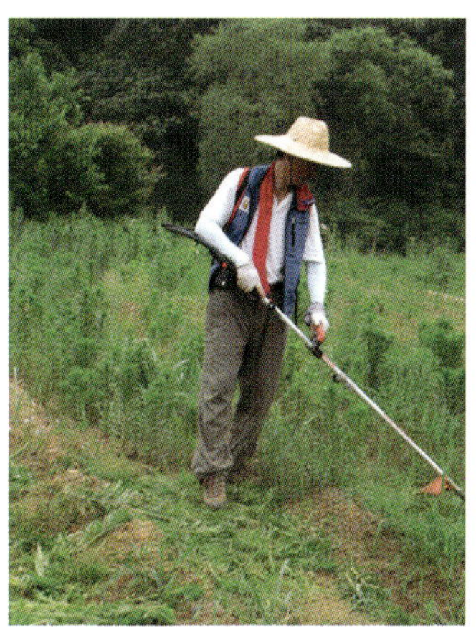

2010. 6. 17. 12:15

상쾌한 6월 17일 부엉배마을 아침이다.

오늘은 아르헨티나와 월드컵 경기가 있는 날이기도 하고, 부엉배마을 민들레작목반 임원들의 임시 회동이 있는 날이다.

설레는 마음으로 하루를 시작한다.

아침 6시 "오 박사!" 서 장로님이 아침이면 부르는 사람이 있다.

부엉이 집 바로 아래에 소박한 명품 전원주택에 살고 있는 멋쟁이 주민이다.

다양한 취미와 마을 일에 대한 열정! 내가 항상 찬사를 보내는 주민이다.

오 사장님이 안내한 은은한 음악이 흐르는 거실 창가에 앉아 정원에 피어있는 이름 모를 야생화와 부엉배마을 1.4킬로미터 마을길을 보노라면 무아지경에 빠질 정도로 전원 풍경이 정겹고 아름답다.

손수 준비한 과일과 커피 맛은 어느 조찬과도 비교할 수 없다.

다음엔 자리를 옮겨 안 사장님 댁 민들레 하우스로 갔다.

서 장로님이 조찬 음식으로 빵을 준비하고 안 사장님 사모님이 커피와 쑥떡을 내놓으셨다. 조촐한 조찬으로 아침식사를 대신하고 좋은 만남이 이루어졌다.

오늘은 어디서 읽은 이야기를 하나 할까 한다.

어느 무더운 여름날 스님 두 분이 마을에서 탁발을 하고 절로 돌아가는 길이었다.

절로 가는 길에 평소에는 흐르는 물이 많지 않아 징검다리를 건너가는데 그날따라 소나기가 한차례 내린 뒤라 개울물이 불어 많은 물이 흐르고 있었다.

그런데 한 어여쁜 아가씨가 어디로 가는지 개울물을 건너지 못하고 난처한 모습으로 서 있는 것을 보고 한 스님이 서슴지 않고 그 아가씨 앞에 등을 대고 앉으며 업히라 한다.

당황한 아가씨는 잠시 생각하다 부끄러움을 무릅쓰고 꼭 개울을 건너 목적지로 가야한다는 생각에 스님의 등에 업혔다.

무사히 개울을 건넌 아가씨는 고맙다는 인사를 하고 사라지고 두 스님은 아무 말 없이 절에 도착했다.

그런데 아까부터 함께 했던 스님 한 분이 의아한 표정으로 스님에게 말을 건넨다.

"스님! 어떻게 아무런 생각 없이 아가씨를 등에 업고 개울을 건너셨습니까?"

함께 했던 스님이 하는 말.

"나는 아까 그 아가씨를 개울을 건너자마자 바로 등에서 내려두고 왔는데 아직도 스님께서는 그 아가씨를 등에 업고 계십니까?"

우리네 인생에서 여러 사람들과 함께 살다보면 많은 일들이 생긴다.

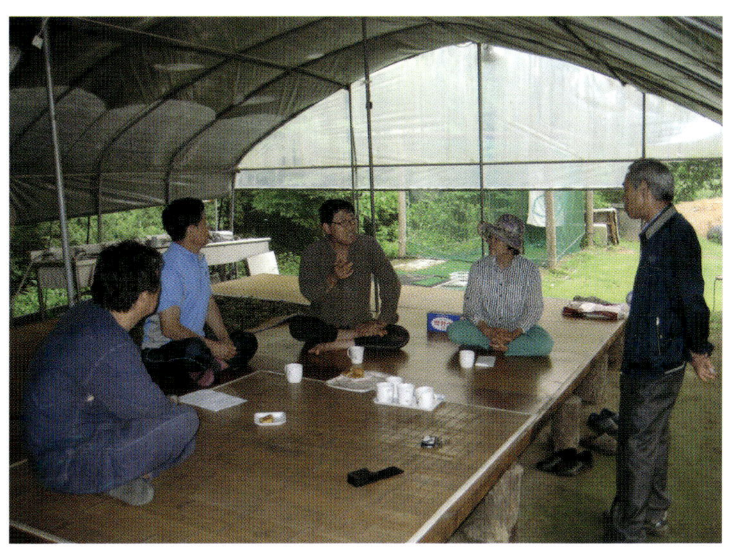

특히 부엉배마을 사람들이 지나간 한 해 동안 마을 일을 하면서 반장 선임 과정에서 뜻하지 않은 오해를 일으킨 일 등은 가슴 아프다.

이웃과 함께한다는 행복을 멀리하고 서로 갈등과 반목으로 살아가야 한다면 이웃과의 관계는 불행일 뿐이다.

스님이 등에 업힌 아가씨를 내려놓은 뜻이 믿음의 세계를 이야기하기 위한 것이지만 우리네 인생 역시 그 복잡미묘한 감정을 마음에 두지 말고 등에서 내려두고 가야한다.

그래야 소중한 이웃을 잃지 않고 행복한 마을과 정겨운 삶을 살아갈 수 있다고 생각한다.

오후에는 민들레 밭에 제초작업을 해야 한다.

부엉배마을 사람들은 어느 하나 민들레 밭처럼 제초가 되어서는 안 된다고 생각하며 설레는 마음으로 내일을 기다려본다.

부·엉·배·마·을·민·들·레·작·목·반·아·침·봉·사·활·동

2010. 6. 24

이른 아침! 부엉배마을 멋쟁이 오 박사가 부엉배마을의 명물인 오토바이를 타고 작업장에 도착했다.

6월 7일 1차 민들레 씨앗을 하우스에 파종한 것이 벌써 17일째다.

오늘은 남은 씨앗을 노지에 직파하여 재배하는 방법을 접근해보려고 한다.

며칠 전 서 장로님이 경운기로 밭을 한 이랑 갈아 엎어두어서 잡초뿌리 제거 및 흙 고르기를 하고 직파를 했다.

부녀회장님은 부군과 아침 일찍 손수 김밥을 말아 정성스럽게 텃밭에서 기른 열무김치와 냉채 등 많은 준비를 하여 일찍 작업장에 오셨다.

서 장로님도 커피와 쑥떡을 준비하고 함께한 오 사장님과 어디에서도 볼 수 없는 아침식사를 하였다.

28일은 나머지 민들레 씨앗을 파종하고 29일은 농진청 산하기관에서 트랙터 운전교육을 받고 7월 12일 부녀회장님 돈사에서 나오는 퇴비를 민들레밭에 뿌리고 민들레작목반 임원들이 트랙터로 직접 밭을 갈아 하우스 안에 민들레 모종을 이식하는 스케줄이 진행된다.

그 이후 서 장로님이 밭에 파종한 들깨 모종도 밭에 이식을 해야 한다.

민들레작목반 구성 후 출자금액도 목표치까지 무난할 것 같다.

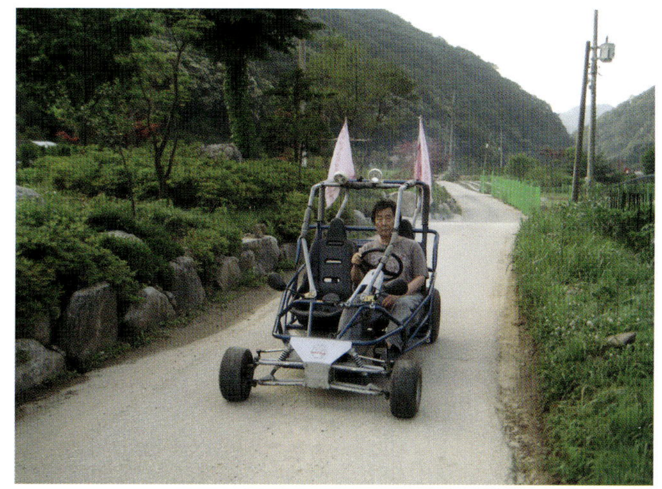

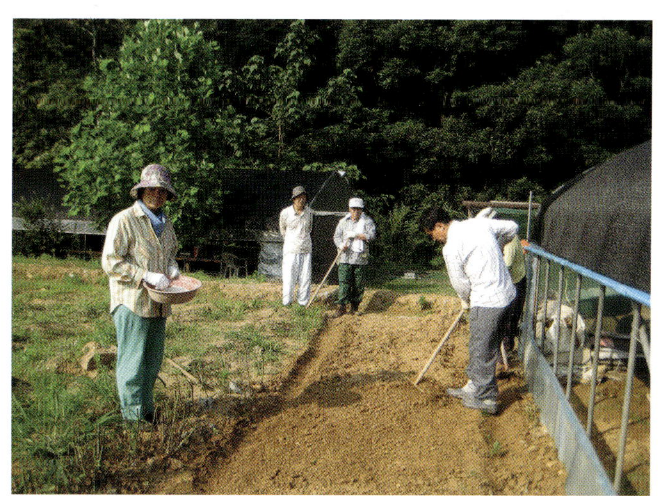

2010. 7. 10. 20:02

부엉배마을은 다양한 종류의 체험장이 마련되어 있다.

주말농장 체험에서부터 무공해식품과 농촌 공예품, 공방, 갤러리, 대장간 체험, 도자기, 부엉이 울음 듣기 체험 등 마을을 찾는 외부인들에게 다양한 종류의 체험거리를 제공하기도 한다.

오늘은 아침 일찍 며칠 전 제작 주문한 부엉배마을 민들레작목반 현수막을 민들레 씨앗 파종용 하우스 두 곳에 걸고 지난 겨울 폭설에 부러진 소나무 고사목을 제거하는 봉사활동을 했다.

주말 체험농장에서 직접 만든 두부를 시키고 서 장로님 사모님이 손수 마련한 사골 만두국을 먹으며 한나절이 다가도록 부엉배마을 영농단 이야기에 시간 가는 줄 모르는 주말이었다.

고사목 제거작업 전에 어젯밤 부엉배마을 밤길 걷기 제안을 한 강 교수님으로부터 전갈이 왔다.

봉사활동에 수고가 많다고 다과를 준비해 두었단다.

삶의 향기가 가득한 이야기꽃으로 하마터면 봉사활동을 잊어버릴 뻔한 만남이었다.

5미터나 되는 고사목 소나무에 부엉배마을 반장님이 직접 올라가 톱으로 고사한 윗부분만 잘라내는 작업은 더운 여름 날씨에 쉬운 일이 아니었지만 마을을 지나는 산 밑에 위치하여 보기가 좋지 않아 고사한 윗부분만 제거하기로 한 것이다.

이렇게 부엉배마을 주말은 사람이 살아가는 향기가 가득한 봉사활동과 정겨운 대화가 끝이 없이 이어가고 있다.

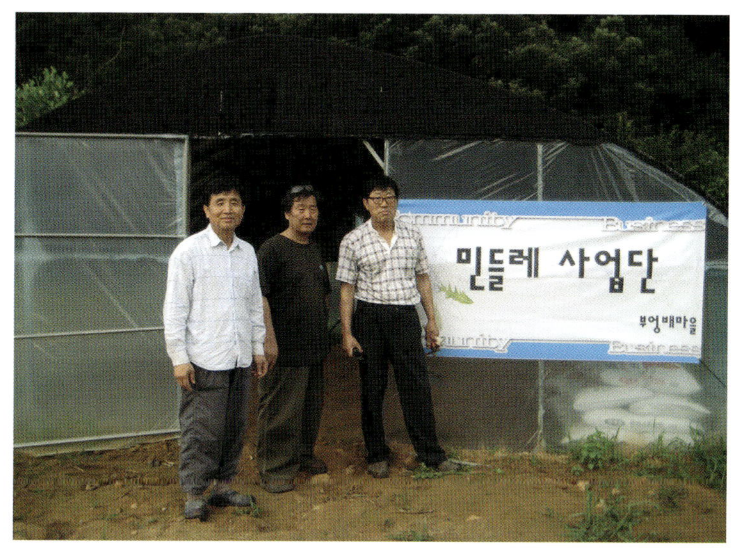

Community   Business
민들레 사업단
부엉배마을

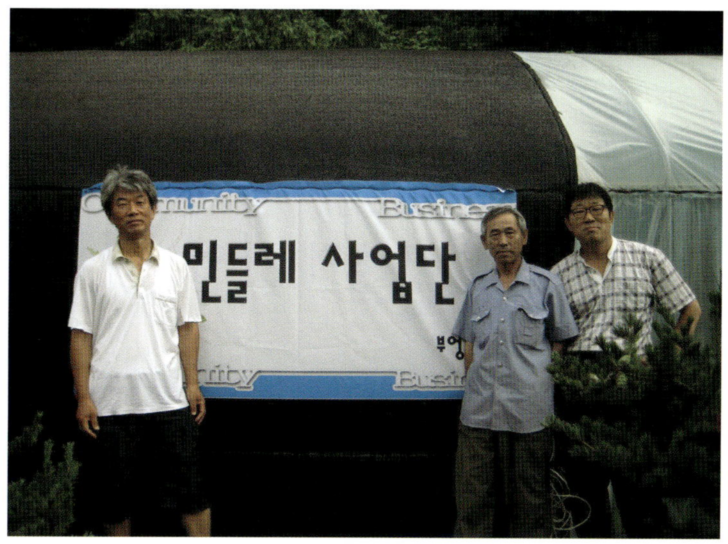

Community   Business
민들레 사업단
부엉

부·엉·배·마·을·사·람·들·의·여·름·밤

2010. 7. 10. 20:10

오늘은 일정상 한 주를 늦춘 반상회와 민들레작목반 이사회 그리고 부엉배마을 입구에 위치한 "설" 갤러리 행사 참석 등 3가지의 일정이 잡혀 있었다.

저녁 6시부터 시작한 민들레작목반 이사회는 그동안 경과보고와 앞으로의 일정 등을 의제로 회의가 진행되었으며 부엉배마을 사람들 전원이 참석하는 사업으로 가기 위한 방향과 사업의 성공적 결실에 필요한 조건 등을 토론하며 많은 의견들이 도출되고 좋은 결과로 마무리되었다.

1시간 회의를 마치고 다음 일정인 부엉배마을 입구에 위치한 우리 마을 "설" 갤러리 행사 참석차 행사장에 도착하였다.

"설" 갤러리는 다양한 장르의 그림과 천연염색 작품, 그리고 우리 마을 반상회 총무를 맡아보는 "최동안" 공의 목공예작품과 도자기 작품들이 전시되어 있다. 부엉배마을 사람들에게 특별히 작품들을 설명하며 성대한 만찬을 준비한 관장님에게 다시 한번 감사의 말 전한다.

행사에 참석한 많은 외부 작가님들에게 부엉배마을 홍보까지 마친 마을 사람들은 자리를 옮기지 않고 "설" 갤러리 행사장에서 반상회까지 마치고 부엉배마을 사람들은 삼삼오오 별빛이 쏟아지는 부엉배마을 부엉이 우는 마을길을 산책하며 젊은 시절 처녀총각들처럼 추억에 잠기기도 하고 오늘 아침 마을청소를 하면서 말끔히 정리한 마을길을 마음껏 즐기며 마을입구부터 안골마을 끝까지 집집마다 방문하며 정성껏 준비한 차와 음료로 부엉배마을의 여름밤을 추억으로 기억하기에 모자람이 없었다.

제일 먼저 방문한 부엉이집 바로 아래 있는 우리 마을 멋쟁이 오 사장님 댁은 넓은 잔디밭 정원에 은은한 석등불빛과 작은 연못의 정취가 있는, 부엉배마을 밤을 보지 못한 사람들은 느낄 수 없는 품위가 있는 전원주택이다.

부엉배마을 밤길 걷기 제안을 한 강 교수님의 제안으로 마을 사람들이 삼삼오오 짝을 지어 마을 집 정원의 밤풍경을 마음껏 즐기며 삶의 향기를 느끼는 여름밤이었다.

하나하나 모두 글로 써 나가기엔 너무나 많은 이야기….

마지막으로 안골에 있는 오 사장님의 그림 같은 전원주택에 도착했을 때 많은 시간이 흘렀지만 오 사장님 사모님이 정성껏 준비한 차와 음료로 상쾌한 풀냄새와 여름밤의 정취를 음미하며 "다한 갤러리" 정원 등의 불빛과 함께 마을 사람들의 정은 여름밤의 깊이만큼이나 깊어가고 있었다.

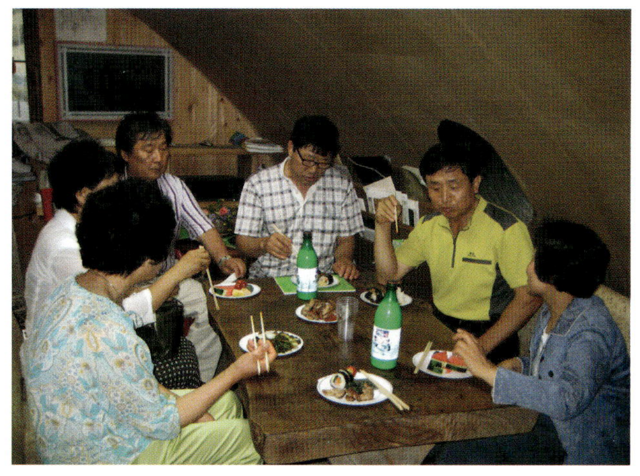

부엉바위 밑 농장에 어느 날 박형섭이라는 청년이 들어왔다. 서른이란 나이는 농촌을 떠나 도시에서 꿈을 키울 나이인데 귀농치고는 너무 빨리 들어온 게 아닌가 하는 염려도 되었다. 그러나 그를 만나면, 신념과 의지에 찬 눈빛에 압도당한다. 기대고 싶은 건강한 어깨를 가진 그는 블루베리에 몰두해 있다. 부엉배마을 영농사업단에서 가열찬 봉사활동을 보여주고 있는 그의 귀농이 성공적인 롤모델이 되기를 기원하며….

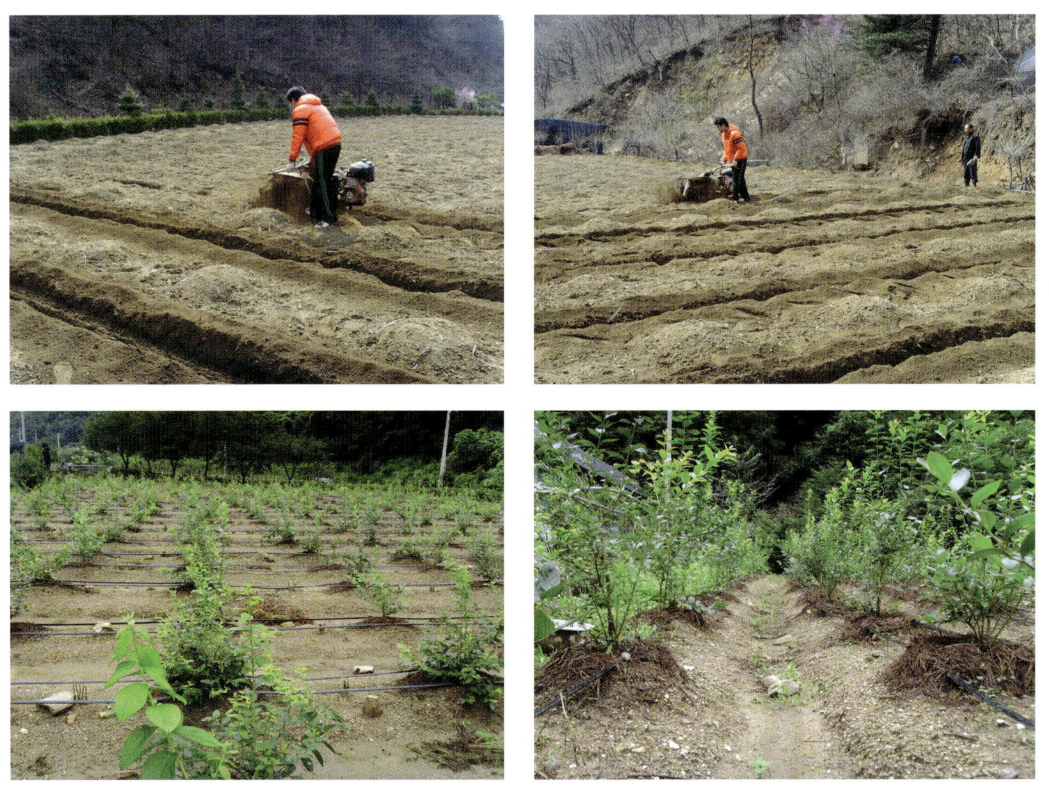

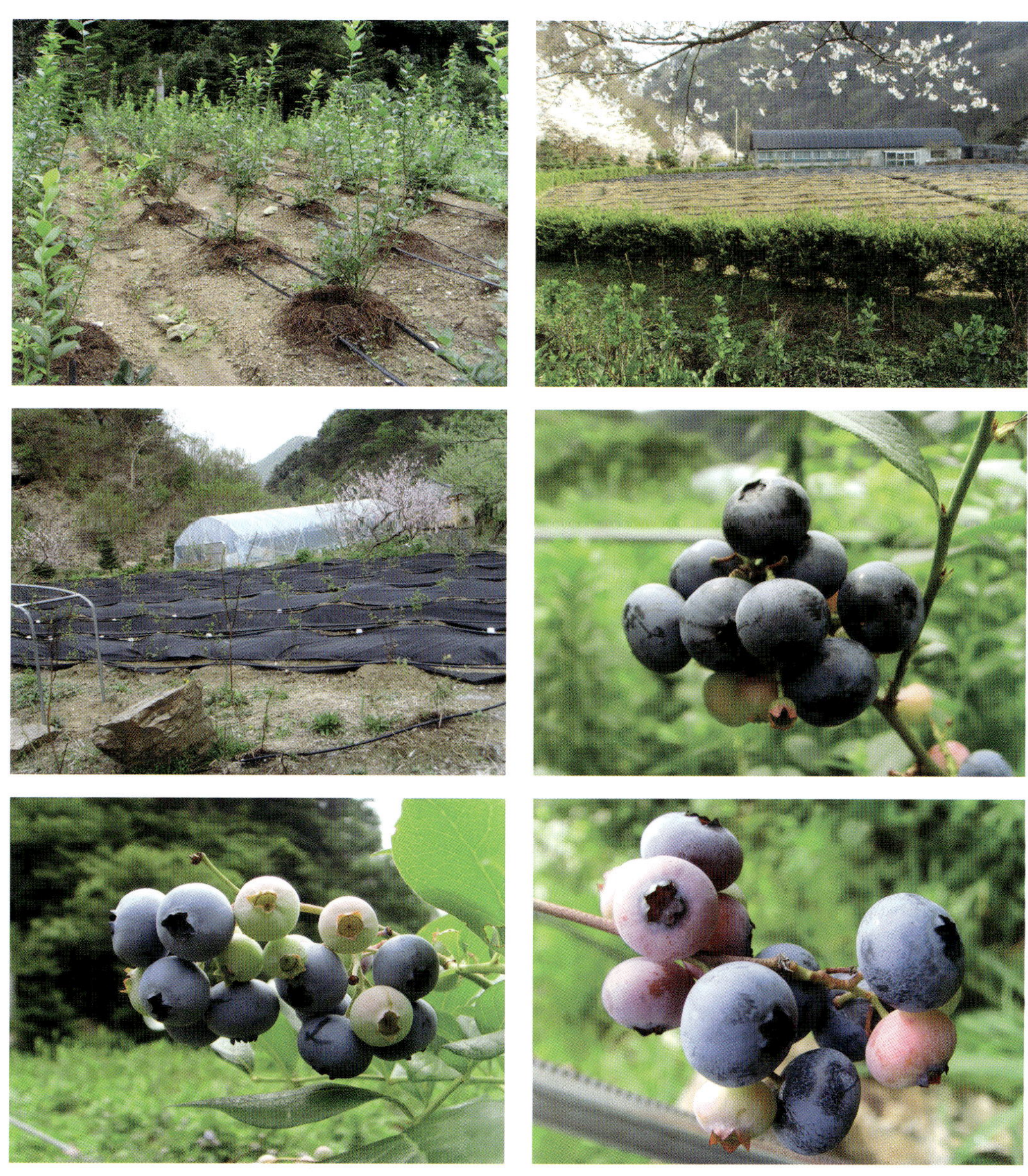

CB2
컬쳐 브릿지, Culture Bridge-2010

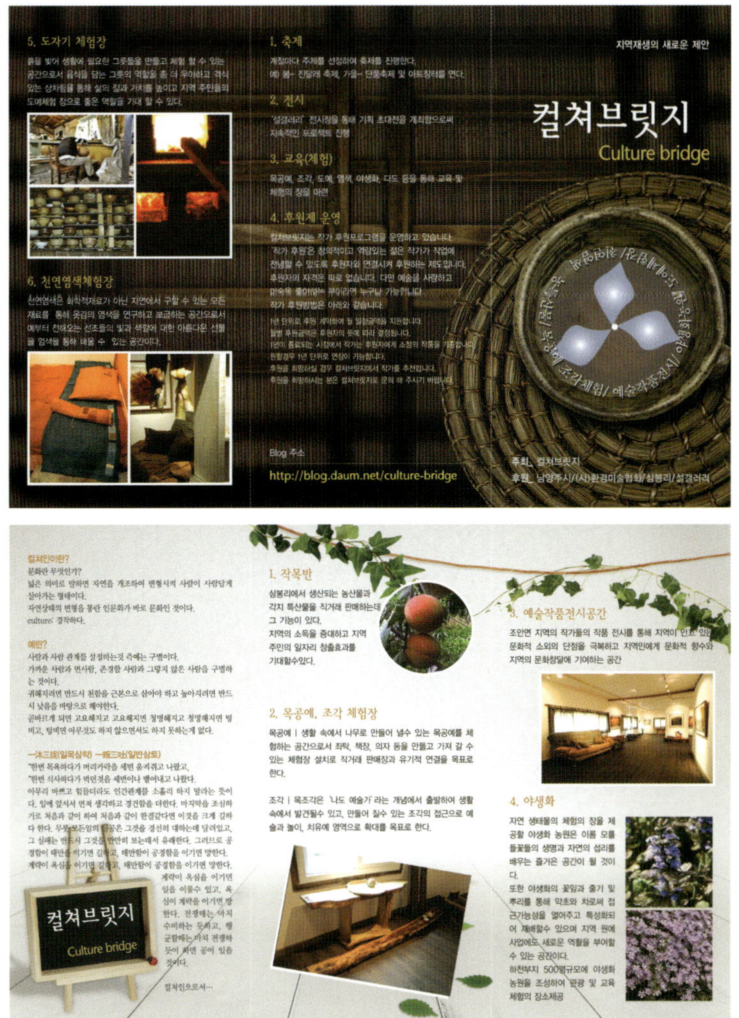

컬쳐브릿지-2010

마을 미술 프로젝트의 과정과 결과는 지역에서 시각문화를 생산하는 작가들에게 적잖은 파급효과가 있었다. 그동안의 작업이 지극히 개인적이며, 마을의 삶과는 분리된 작가주의의 정신으로 작업을 천착해 왔었다면 프로젝트가 끝나고 난 뒤 지역과의 소통을 고민하고 적극적으로 풀기 위한 움직임이 일어났다. 지역에서 거주하는 회화, 조각, 도예, 염색, 목공예 등의 작가들이 연합전선을 이루어냈고 대중과 교감하는 프로젝트의 진행을 계획하게 되었다. 즉, 문화의 향유자가 선택되는 과거의 시스템을 벗어나 지역 주민이 향유자가 되고 지역과 지역, 문화와 문화를 연결하는 가교 역할을 하는 작가들의 삶에 대한 고민은 컬쳐 브릿지(culture bridge)의 탄생을 가져왔다.

컬·쳐·브·릿·지

컬쳐 브릿지는 지역 재생의 새로운 제안을 문화적 코드에서 풀어내려고 하는 작가집단이다. 자조적 예술가의 삶을 뛰어넘어 독립적 자생과 연대를 이루려고 하는 컬쳐 브릿지는 목공예와 조각 체험장, 작품 전시 공간, 야생화 농원, 도예 체험장, 천연염색 체험 등을 통해 지역민의 예술적 체험의 기회를 늘리고, 생활 속에 예술의 연장을 유도한다. 또한 봄, 여름, 가을, 겨울의 축제를 열어 작가와 지역과의 적극적 소통을 꾀한다.

설·갤·러·리

해방 이후 자본주의를 선택한 대한민국은 부동산업으로 등록된 대학의 양적 팽창을 가져왔다. 즉, 모든 분야가 대학의 학위를 통해 인정되고, 전공된 과를 중심으로 폐쇄적 밥그릇 논쟁은 시작된다.

어쩌면 가장 자유로워야 할 예술도 논의에서 제외되지 않는다. 서구의 문물과 사상의 유입은 미술에서도 격조 높게 인정되는 사회적 분위기 속에서 예술의 천착은 아카데미, 유학 등을 통해서만 인정되고 있는 게 현실이다. 아카데미는 아카데미의 또 다른 분류와 서열을 만들어내고, 유학은 나라와 배경에 따라 귀국 후 흥망을 달리한다. 즉, 이 모든 것은 자본의 집중이 어디에 있느냐에 따라 좌우됨을 알 수 있다.

즉, 예술은 아카데미를 중심으로 한 예술 향유 계층에 거처를 두고 있다. 이는 예술에 대한 접근을 대중과의 분리를 통해 예술 향유 계층의 특권의 창고 속에 저장해 놓고 있는 것과

다름없다.

　그래서 예술가의 생존은 이 예술 향유 계층의 입맛에 의해 결정되고, 예술 향유 계층이 선호하는 예술의 형식과 내용을 추구하게 되어 예술가의 미래적 삶의 결정권을 갖게 된다. 이는 예술 향유 계층이 추구하는 이데아와 예술이 밀접한 연관성을 가지게 되고, 이는 예술가 자신도 모르는 사이, 예술 향유 계층의 이데아에 복무하게 된다는 것이다.

　이러한 순환적 고리는 예술을 대중과 결별시키고, 예술가의 삶을 미화시키는 정도에서 예술가의 사회적 인격을 규정짓는다.

　그럼에도 불구하고, 예술에 대한 사랑을 규격과 형식에 얽지 않고, 한자락 땅 위에서 예술의 공간을 만들고 풀어내는 곳이 설 갤러리이다. 설 갤러리는 그래서 다양한 실험의 장이 될 수 있고 새로운 대안공간으로서의 역할을 수행할 수 있는 장이기도 하다. 여기서 주목할 것은 설 갤러리에는 갤러리로서의 기능적인 역할보다는 따뜻한, 편안한, 인간이 중심이 되는 배려가 존재함을 엿볼 수가 있다. 그것은 설 갤러리의 리더와 작가들이 풀어내는 인간 중심의 세계관과 철학이 바탕이 되기 때문이다. 또한 설 갤러리는 문화 소외 지역에서의 예술 향유를 지역민과 더불어 가져가는 장소이며 지역문화의 중심지로서 아트벨리를 꿈꾸고 있다.

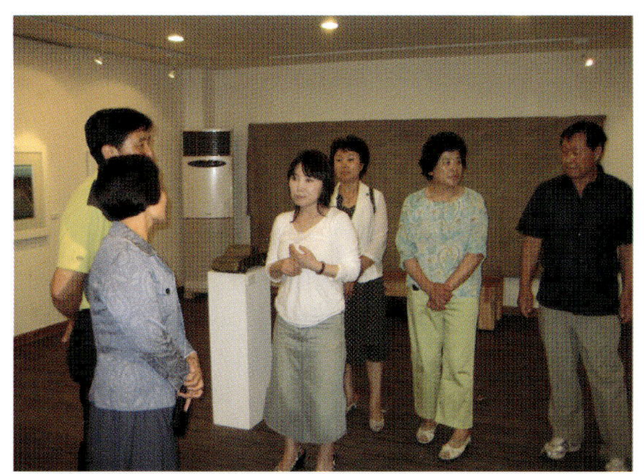

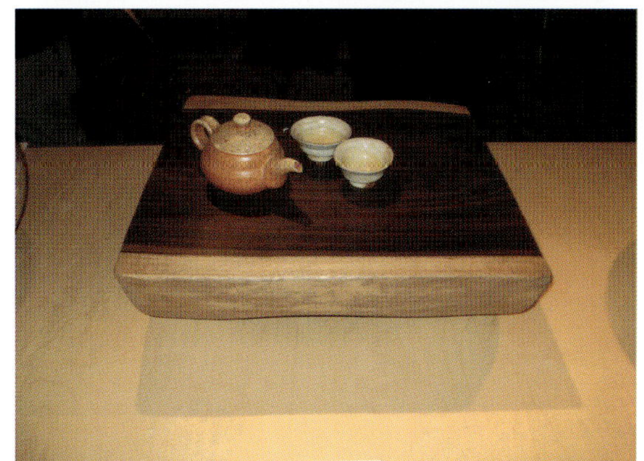

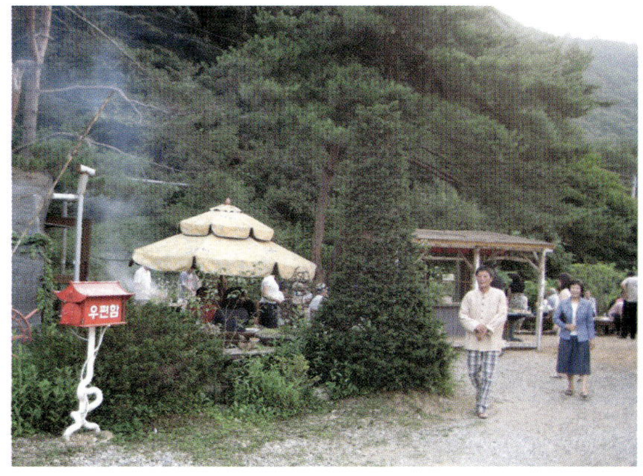

마을의 미래

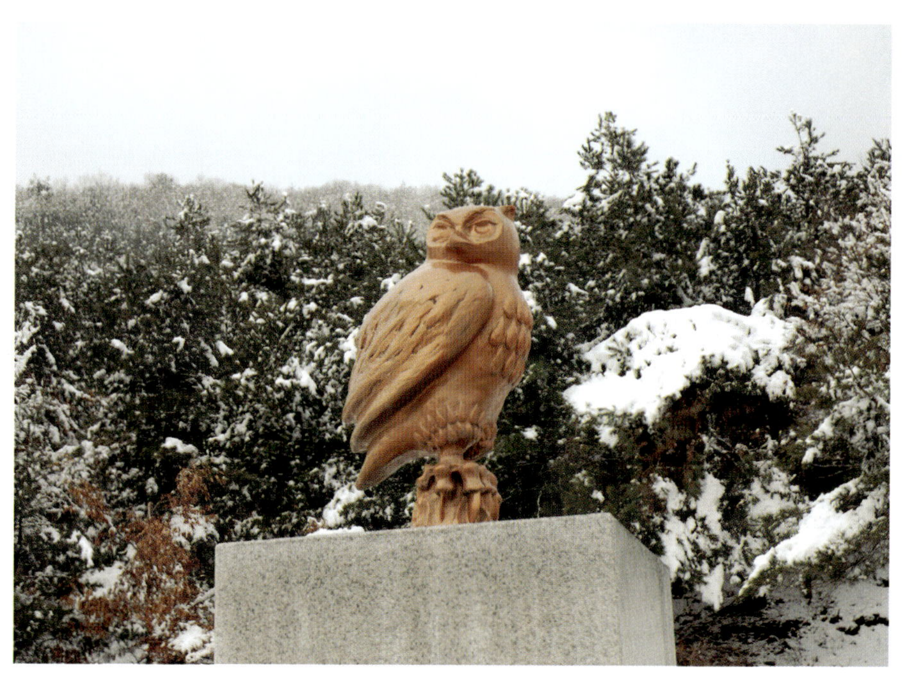

마·을·의·미·래

　　온전히 작동되어야 할 모든 것들이 작동되지 않을 때 우리는 미래를 꿈꾼다. 생산의 극대화와 화학비료는 농촌의 생태계를 황폐화시켰고 각종 오염원은 물고기가 살지 못하는 시냇물을 만들어냈다. 젊은이가 떠난 마을엔 불통의 정치가 이루어지고 경제 제일주의는 하늘, 땅, 물을 오염시켜 우리와 아이들의 미래를 암울하게 하였다.

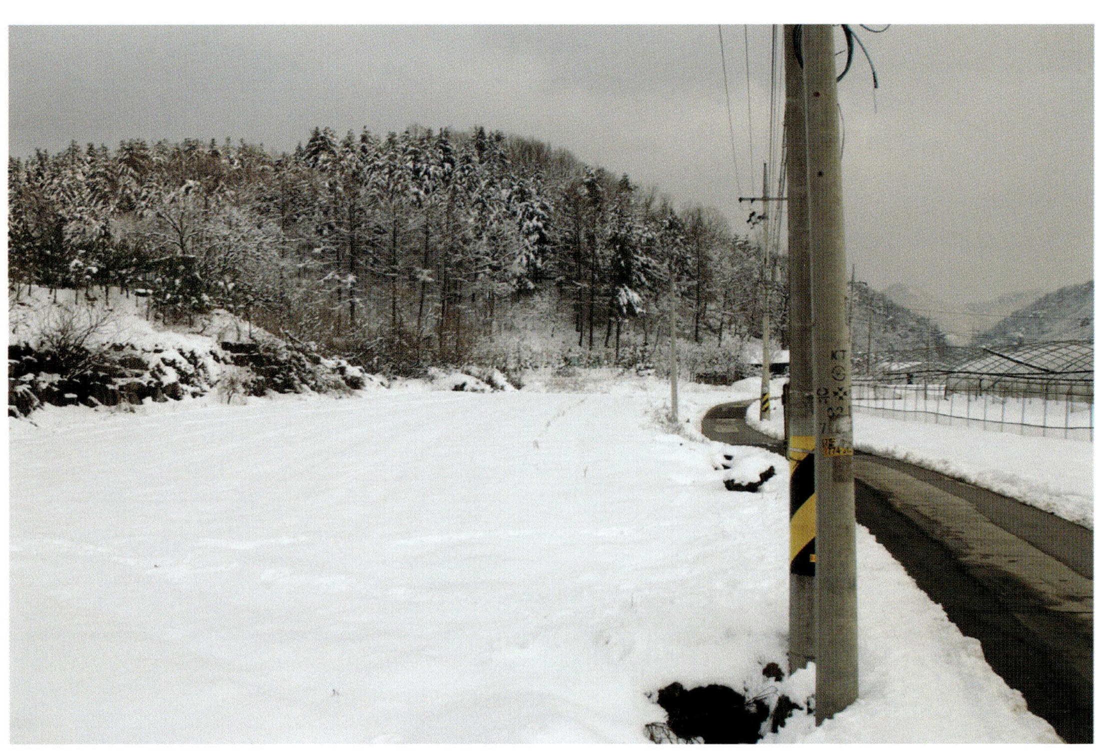

아름다움이란 무엇인가? 사람답게 산다는 것은 무엇인가? 도덕이 사라진 시대에 우리는 넋을 놓고 아이들에게 부도덕이 삶의 기준이고 가치라고 가르칠 것인가? 모럴헤저드의 시대 속에서 불끈 주먹을 움켜쥐고 부엉배마을은 일어서려고 한다.

마을의 미래는 지속가능성이다. 깨끗한 물이 흐르고, 안심하고 먹을 수 있는 작물을 재배하고, 윤택한 삶을 영위하며, 시민으로서의 권리를 갖는 지속성이 마을의 미래를 결정한다.

마을의 미래는 환경과 경제, 사회의 지속가능성을 가지는 것이다. 이것은 마을에 자립과 안정을 가져다주며 사람이 사람답게 살 수 있는 환경을 가져다준다. 공동체의 복원과 실현은 인생의 아름다움을 실현하는 장이 될 것이다.

심훈의 상록수가 계몽이 화두라면 부엉배는 "모두가 함께"라는 화두를 가진다. 부엉배의 성공은 21세기 대한민국 농촌의 운명을 대변하게 될 것이다.

부엉배마을의 100년 대계를 계획하며….

2010.10.10. 들로화

보도자료

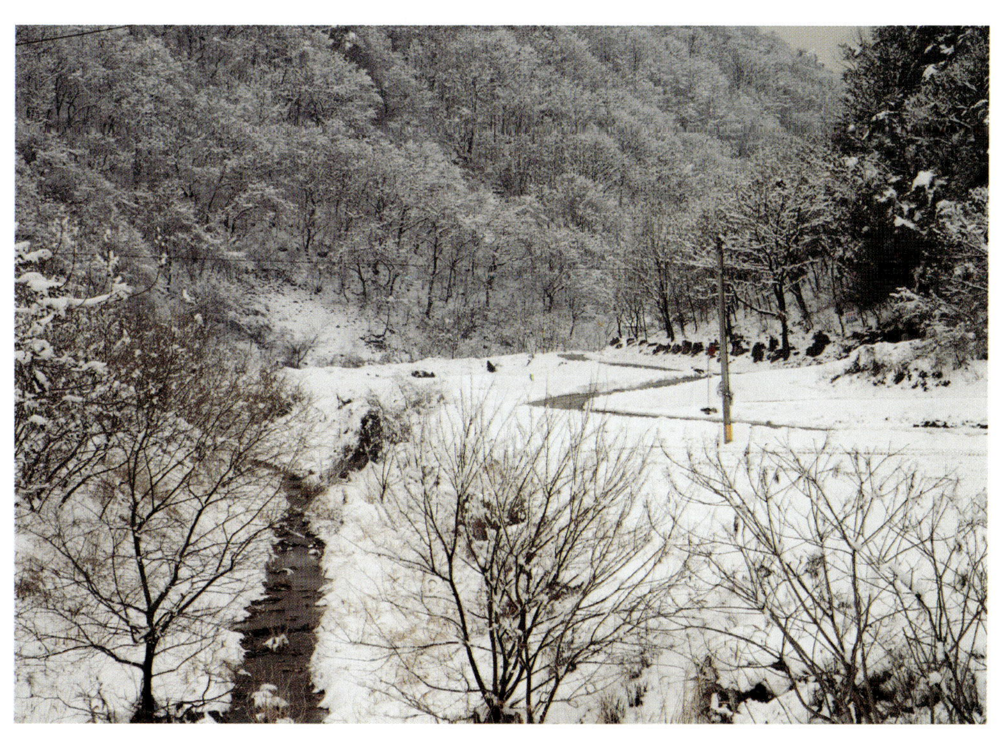

1. 연합뉴스 (2009. 7. 13)

노승철 남양주부시장, 희망근로 '마을미술프로젝트' 본격적으로 추진

민생안정과 지역경제 활성화를 위하여 추진하고 있는 2009 희망근로 프로젝트가 박차를 가하여 땀방울을 흘리고 있는 가운데 시에서 중점적으로 추진하고 있는 4대 핵심사업 중 하나인 조안면 삼봉리 "마을미술프로젝트" 사업장에 노승철 남양주 부시장이 현장을 방문하여 참가자들을 격려하고 노고를 치하….

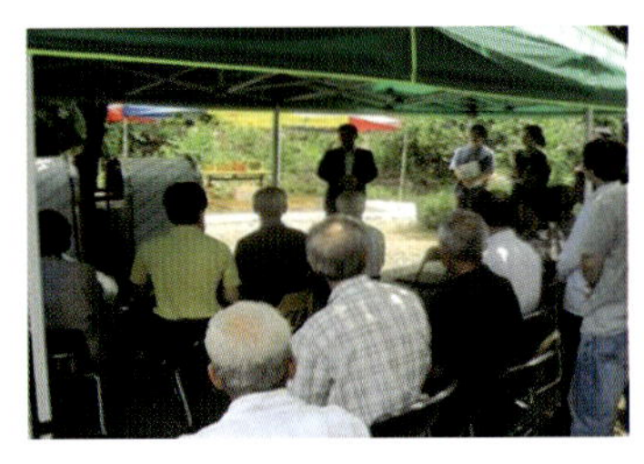

시에서 심혈을 기울여 추진하고 있는 "마을미술프로젝트"란 한강 수계권역의 특성상 문화, 경제적으로 낙후성을 면치 못하는 조안면 삼봉리 부엉배마을에 미술이라는 코드를 접목하여 마을의 미적 수준을 높이고 정체성과 특수성을 함양하여 지역발전은 물론, 관광자원으로서 가치를 높이는 희망근로사업의 새로운 모델을 제시, 중첩된 규제의 역발상적인 사업, 주요 사업내용으로는 부엉이마을이라는 특이한 명칭을 부각하고자 마을입구에 부엉이 상징 조형물을 설치하고, 아트벤치와 이정표, 우체통, 옹벽디자인 등 예술작품 20여 가지를 설치하여 미술과 마을이 만남으로서 예술적인 가치를 지닌 마을로 탈바꿈하는 컨셉으로 추진하며 지역출신 작가 15명과 주민 다수가 직접 참여하여 공동으로 작업함으로서 공동체 의식과 사명감으로 사업을 추진하는 한편, 부엉배마을 주민들은 본 프로젝트의 성공을 기원하고자 자발적으로 부엉이바위 아래에서 고사를 지내는 등 관심이 고조되고 있는 가운데 이날 축하하는 자리에서 노승철 남양주부시장은 "부엉배마을의 희망근로사업은 중첩된 규제를 슬기롭게 풀어가는 역발상의 새로운 모델로 전

국에 파장을 일으킬 수 있으며, 또한 마을의 예술적 가치를 전파하여 관광자원화는 물론, 주민 소득증대로 이어져 마을 전체가 살기 좋은 마을로 변모할 것이다"라며 희망근로 참여자와 주민들을 격려….

2. 쾌TV News(2009. 12. 8)

쾌TV 데일리뉴스, 부엉배마을 가꾸기, 12월 18일 남양주ING 뉴스 −부엉배마을 가꾸기, 조용한 시골마을에 거리 미술관이 아트벤치와 이정표, 벽디자인 등….

3. 이코노미스트(생활/문화 2009. 11. 23)

남양주시 조안면 삼봉리 부엉배 마을이다. 23가구 100여 명이… 전형적인 시골이다. 하지만 최근 부엉배 마을에는 지방자치단체들이… 주민들이 담소를 나누고 있다. 부엉배 마을은 좀 달랐다. 애초 이 프로젝트는….

4. 동아일보(사회 2009. 7. 21)

남양주시 조안면 삼봉리에는 '부엉배마을'이 있다. 오래전부터 마을… 희망근로프로젝트 사업의 하나로 부엉배 마을을 예술촌으로 바꾸는… 예정이다. 남양주시는 올해 11월까지 부엉배 마을을 탈바꿈시킨 뒤 새로운….

5. YTN TV(사회 2009.09.15)

한적한 시골길 바위마다 오색빛 아담한 꽃들이 피었습니다. 예로부터 부엉이들이 터를 잡고 살아 이름 붙여진 부엉배 마을. 밭에 줄 물을 보관한 물통에도 부엉이 한 마리가 둥지를 틀었습니다. 값비싼 미술품 창작활동처럼….

6. 아시아투데이(사회 2009. 07. 13)

낙후성을 면치 못하는 조안면 삼봉리 부엉배 마을에 미술이라는 코드를 접목하여 마을의 미적 수준을… 사업을 추진한다. 13일 노승철 남양주 부시장은 "부엉배마을의 희망근로사업은 중첩된 규제를 슬기롭게 풀어가는…."

7. 2009 지방대 활용 지역문화 컨설팅 사업

경기북부형 커뮤니티 아트 모델 개발과 네트워크화(최종보고서)-경기도 p179-180

8. KBS TV(2009. 11. 03. 08:20 오늘)

9. 경기신문 (2010.08.02)

[지역특집] 작가의 손끝, '활기의 꽃씨' 퍼트리다
부엉배 마을의 공공프로젝트 조명

지역의 미술작가들이 주민들과 함께 시의 지원을 받아 진행한 공공미술 프로젝트가 보잘 것 없던 시골 마을을 아름답고 활기차게 변모시키면서 마을의 정체성을 높이고 주민들간에 단합과 소통이 이루어지게 했다. 일반적으로 공공미술 프로젝트가 결과물인 미술작품을 보고 느끼는 데 만족한다면 이 마을에서 이루어진 공공미술 프로젝트는 어떻게 주민들의 소통에 관여하고, 그것이 마을에 어떠한 긍정적 효과를 미치는 가를 보여주는 훌륭한 예가 되고 있다.

특히, 이 마을은 이 프로젝트가 진행되면서 민들레 사업단을 조직해 공동사업체를 추진할 정도로 단합과 소통이 잘되고 있다. 이렇게 변화된 남양주시 조안면 삼봉리 1리 2반 부엉배마

을의 공공프로젝트 진행이 시작된 과정과 그 후 변모된 모습을 살펴본다.〈편집자 주〉

당초 이 프로젝트는 공공예술 들로화 집단(대표 이종희)과 남양주 지역 작가들이 지난 2008년도부터 부엉배마을에 관심을 보이면서부터 시작됐다.

불과 몇 년 전부터 주민이 늘어나기 시작해 이제 겨우 20여 가구가 살고 있는 삼봉리의 작은 마을은 개발제한구역과 군사보호구역 등 각종 규제로 인해 서울과 가까운 지리적 여건에도 불구하고 낙후성을 면하지 못하고 있었다.

창의력과 상상력이 풍부한 작가들은 규제 속에 있으면서 자연환경이 잘 보존돼 있는 이 마을만의 긍정적 측면을 발견하게 됐고, 특히 부엉이가 살고 있는 몇 안되는 지역에 포함된다는 사실에 주목했다.

마을 주민들과 대화의 자리를 가진 지역 작가들은 이전까지 마을 이름이 없던 이 마을의 이름을 '부엉배마을'로 정하면서 마을의 정체성을 수립하고, 지난 2009년 초에 지역의 발전과 환경의 보전이라는 화두로 미술 프로젝트를 진행했다.

이 기획안을 알고 들로화 집단으로부터 기획안을 받아 검토한 남양주시는 행정안전부의 '희망근로 프로젝트'를 접목시켜 추진하면 좋겠다고 판단, 희망근로 인건비 1억여원을 지원했다. 이때부터 남양주 지역 작가들은 희망근로 인건비만 받고 지역을 위해 흔쾌히 봉사에 나섰고 마을 주민들도 작가들이 제작한 작품이 들어 설 부지를 내놓는 등 시와 작가 그리고 주민들이 하나가 되기 시작했다. 힘을 얻은 들로화 집단과 주민들은 45번 국도변의 마을 입구부터 1km의 길을 걷고 싶은 명품 산책길로 만들고 마을은 부엉이를 테마로 하는 아름다운 시골로 변모시키기로 했다.

또, 무엇보다 작가와 주민들이 함께 고민하며 마을에 어울리는 작품을 만들고 꾸미는 과정을 통해 마을의 정체성을 높이고 주민들끼리 더욱 단합되고 소통이 원활하게 이루어지게 했다. 이는 이 프로젝트의 기획의도의 중요한 부분이었다. 20여명의 작가들은 주민들과 의논 끝에 저녁이면 앞산에서 '부~엉, 부~엉' 부엉이 울음소리가 들리는 부엉배마을 입구에 마을 상징물로 부엉이 형상의 작품을 설치하고 마을길의 100m 구간마다 형상화한 거북이나 물고기, 새 등으로 특색 있는 이정표를 설치했다. 산책길의 중간 중간에는 아트벤치를 설치해 여유있는 '쉼'을 강조했으며 지역과 지역, 사람과 사람의 원할한 소통을 희망하는 우체통도 설치했다. 또, 주민들의 쉼터와 모임 장소 역할을 할 정자를 세웠고 정보의 교류와 소통을 위해 게시판을 설치했다. 이 공공미술 프로젝트가 진행되는 기간 동안에 마을 주민들도 변화된 모습을 보였다. 반상회를 조직하고 월 1회씩 마을 청소를 하기로 의견을 모으는 등 단합과 소통이 시작됐다. 또한, 월 1회 열리는 반상회는 마을에서 이루어진 공공미술 프로젝트의 의의와 중요성을 깨닫는 기회가 됐고, 마을 주민들은 마을의 생태환경보존과 공동의 이윤창출을 고민하였고 마을 주민 스스로 마을의 토양에 맞는 수목과 채소를 연구했다. 이와 관련, 주민들은 올해 1월 반상회에서 마을 가로수로 보리수를 선택했고 5월에 시의 지원을 받아 200그루의 보리수를 심었다. 이천주 반장은 "공공미술 프로젝트 덕분에 마을이 단합이 됐고 매달 반상회와 마을 청소 등도 하게 됐다"며 "내년에는 '보리수 축제'도 열 계획이니 구경와 맛봐달라"고 말했다. 공공 미술프로젝트는 이 마을 주민들에게 단합과 소통이라는 중요한 것을 안겨줬지만 또다른 즐거움을 선사했다. 다름아닌 민들레 사업단 구성이다. 주민들이 뜻이 맞으면서 민들레 사업단이 조직됐고 뜻있는 주민 2명이 민들레 재배지로 9천900여㎡(약 3천여평)의 부지를 내 놓자 다른 주민들도 주머니를 털어 자금을 마련해 다함께 민들레 모종을 심고 가꾸고 있다. '부엉배마을'의 변화는 훌륭한 기획을 바탕으로 작가들과 주민들이 함께한 공공미술 프로젝트가 얼마나 좋은 영향을 미치는지 잘 보여 주고 있는 사례가 되고 있다. 이 프로젝트를 진행한 들로화 집단의 대표 이종희 작가는 "소통을 전재로 이 프로젝트를 기획했다"며 "작가들이 지속적으로 자신의 작품이 있는 지역민들과 함께 소통하고 고민해야 공공미술 프로젝트는 성공할 수 있다"고 말했다. 공공미술이 경제적·사회적·문화적으로 소외된 지역을 환기시키고 관광자원화한 예는 있으나 지역사회 구성원이 공공미술을 통한 소통의 과정을 통해 공동체 사업을 구축한 예는 많지않아 이 프로젝트가 더욱 돋보이는 것인지도 모르겠다.

공공미술 프로젝트 '부엉배마을'을 기획하고 진행한 이종희(43) 작가가 사진작가 주도양씨와 함께 발간한 『노고산동 블루스』의 프로필을 보면 삼육대에서 처음에는 영문학을 공부하고 나중에 동국대와 대학원에서 미술을 전공했다.영문학에 이어 미술 전공! 왜인지 물었다. 이 작가는 "중고생때 미술반 활동을 할 정도로 미술을 좋아했고 미대에 진학하려 했으나

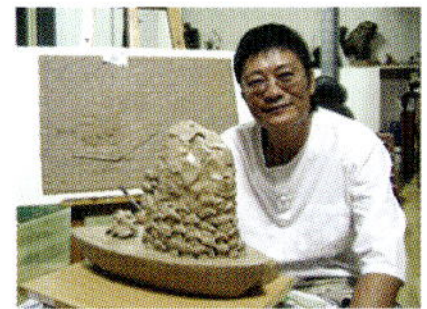

들로화집단
이종희 대표

집안의 반대로 못가고 뒤늦게 뜻을 이루고 있다"고 밝혔다. '이주와 정착'이 작업 화두라는 이 작가는 "자신의 성장과정이 작업에 많은 영향을 미치고 있다"고 했다. 지난 2006년도부터 대전 홈리스, 양평 양동, 남양주 백월과 부엉배, 마포구 노고산동 등에서 공공미술 프로젝트에 참여해 왔으며 경기도미술관과 국립현대미술관 미술은행, 평화박물관 등에 작품이 소장돼 있다. 이 작가는 자신의 작품이 있는 부엉배마을에서 주민들과 함께 호흡하며 밭일도 거들면서 최근에는 스토리텔링이 가능한 자동차를 매개로 한 작품에 몰두하고 있다. 들로화는 이 작가의 예명이기도 하다.

10. SBS TV 동물농장(2010. 9. 26 AM 09:30)